囚われ王子は蜜夜に濡れる
耳のかたちを教えるように、上のほうからゆっくりと口づけられて、
やんわりと耳朶を噛まれると、ぴくん、と腰が跳ねてしまう。

囚《とら》われ王子《おうじ》は蜜夜《みつや》に濡《ぬ》れる

葵居《あおい》ゆゆ

ILLUSTRATION：Ciel《シエル》

囚われ王子は蜜夜に濡れる

LYNX ROMANCE

CONTENTS

囚われ王子は
蜜夜に濡れる

ロンドンには世界がある、とよく言われる。一日の中に四季があり、歴史と文化があり、人種のるつぼと称されるほど多様な人がいて、食べ物も音楽も世界中から集まっている。

特に金曜の夜の、バーやクラブが建ち並ぶピカデリー・サーカス界隈《かいわい》は、その評判にたがわぬ多様性と喧噪《けんそう》に満ちていた。

聞き慣れない東洋音楽風の演奏が奥から流れる中、ユーリ・ブルームフィールドは向かいにいる友人のジェームズと今日会ったばかりの女の子との会話に、黙って耳を傾けていた。

「ジャック・ラッセルも可愛いよね。俺はブルドッグが好きだなあ」

「けっこう古風なんだね」

小さなテーブルを挟《はさ》んだユーリの向かい側で、ジェームズは赤毛の女の子と楽しそうに話している。ジェームズの女友達の友達だという彼女の名前をすでにユーリは覚えていないのだが、彼女とジェームズはいい雰囲気だった。

上手だなあ、とユーリは薄いカクテルに口をつけながら思う。明るく気さくなジェームズは他人と仲良くなるのがとてもうまい。話題が豊富で、でもうるさくなく、気配《たび》りのいきとどいた彼を、初対面の人間でも仲のいい友達でも悪く言う人はいない。彼とでかける度に、彼のように振る舞ってみようとユーリも思うのだが、一度も成功した例《ため》しはない。

ロンドンにはなんでもある、というのなら、自分はそこに開いた穴のようだ。

ぽつんとなにもない、そこだけが異質な――空虚で、隔絶《かくぜつ》された穴。

「ねえ、寮に入らないでアパートメントで一人暮らしって本当？」

ふいに左腕に手が触れて、ユーリはそちらを向いた。

カウンターからお酒を取って戻ってきたもう一人の女の子が、ユーリの腕に手を置いて笑みを浮かべていた。耳につけた蝶《ちょう》のピアスがきらきらと揺《ゆ》れている。蝶は母が好きだったな、と気を取られているあいだに、彼女はさりげなくユーリの腕を撫《な》でた。

「すっごいゴージャスね。名前からイギリス人だと思ってたけど、留学生だったのね」

「母がイギリス人だったので」

ブルームフィールドは母方の姓で、と言うと、彼女は特に過去形を気にするそぶりもなく「ふぅん」と言った。

離婚、死別、国籍が変わった――いろんな人間がいるせいで、たいていのことは深く訊《き》かれないのが、ロンドンのいいところだ。ユーリは金髪の巻き毛に銀色の目という容姿のせいで、可愛いだとか綺麗だとかあまり男としては嬉しくないことを言われはするものの、西欧人としてはさほど目立たないため、普段はめったに自分の国や家族について話す機会がない。それは話したい話題ではないので、ユーリにはありがたかった。

彼女はユーリの目を覗《のぞ》き込んで、親しげに微笑《ほほえ》んでくれる。

「英語だってすごく上手よね」

「ありがとう。高校のときから、イギリスに来てるから」

「やだ、だったらほんとに優秀なのね。ジェームズが言ってたわ、あなたならケンブリッジも行けたんじゃないか、って」

「……そんなことないよ」

つい目を伏せたのは、謙遜《けんそん》ではなく、後ろめたさのせいだった。ケンブリッジにもオックスフォードにも、それぞれ兄が通っている。イギリスでも兄たちの近くにいる勇気はなく、わざわざ別の大学にしたのだ。

そのわがままが通ったのは、たぶん兄たちも嫌だったからだろう。

留学している兄二人は、九人いる兄姉、弟の中では取りたててユーリにつらく当たるほうではないけれど、それでも、腹違いの「淫売」のハーフなんか目に入れたくないと思っているはずだ。

彼女は続かない会話に困ったようにビールを飲んで、それから内緒話をするように顔をさらに近づけた。

「ねえ、あなたの部屋に行かない？」

つややかな金茶の、ウエーブした長い髪がさらりと顔のすぐそばで揺れた。

「アンナのほうはもうあんな感じだし、二人で抜けてもいいと思わない？」

にっこりと意味深に微笑まれて、綺麗な唇だ、と思った。赤い色が塗られて、かたちも素敵で――きっと、こういう唇にキスしたい、と思う男は多いのだろう。猫のような目が印象的で、美人だとユーリでさえ思う。せっかくダブルデートに来たわりに社交的とはいえないユーリの態度に気を悪くすることもなく、親切に声をかけて話してくれて、こうやって積極的にさえなってくれて、文句のつけようがない。

いいよ、ぜひ来てよ、と言えばいいのに、ユーリは黙ってカクテルを飲み干した。反応の薄さに彼女が眉をひそめる。

「嫌なの？　だったら私のフラットでもいいけど、シェアしてる友達がいるかもしれないから、電話してみないといけないんだけど」

「――電話はいいよ」

「もう、なにそれ。私と仲良くする気は全然ないってこと？　あなたのほうが乗り気だって聞いたから、今日来たのに」

「そうじゃなくて」

彼女と二人きりになっても、会話はきっと弾まない。ずっと黙っていることは得意でも、誰かと会話をするのは苦手なのだ。仮にうまくいい雰囲気になってキスできても、以前のように緊張してしまうだけで、相手の女の子にも気まずい思いをさせるのではないか。――そう自分に言い訳して、結局、いつもの断り文句を口にする。

「あなたと話せてすごく楽しかったけど、実は昨日の夜から風邪気味なんだ。土壇場《どたんば》でキャンセルするのも申し訳ないと思って来たんだけど、うつしても悪いし、今日はもう帰るよ。……ごめんね」

「具合が悪いならしょうがないね」

あまり信じていない顔で、彼女がため息をついた。

「気をつけて帰って」

気持ちのこもらない挨拶《あいさつ》にユーリはもう一度謝って、すっかり赤毛の子に夢中なジェームズの邪魔をしないよう、そっとテーブルを離れた。

今日もうまくいかなかった、と考えるのは、寂しくもあったが、慣れたことでもあった。

金曜の夜だけあって、店の外のテーブルまで溢《あふ》れた人は誰もが楽しげで陽気だ。煙草《たばこ》の煙と笑い声のあいだを縫うようにすり抜けて外に向かうと、自然とため息が零れた。

すぐ近くのテーブルの男女が、かるいキスを交わしている。短くじゃれあうようなキスをする二人は楽しそうで、自然で、幸せそうだった。

あれが、なぜ自分にはできないのだろう。

（淫売の母親に似て、男が好きなんじゃないか？）

五年前に言われて以来、棘《とげ》のように抜けない兄たちの声が聞こえた気がして、ユーリは唇を噛んでタクシーをとめるために道路に降りた。

通っているキングス・カレッジとユーリの暮らすアパートメントのちょうど中間あたりにあるピカデリー・サーカスは、平日でも遅くまで人で賑《にぎ》わう界隈で、なかなか空車が通らない。

多様な人種が、多様な格好で、思い思いに夜を楽しむ雰囲気が、ユーリはけっこう好きだったが、好きだと思うのとうまく混じれるのは別であることも、嫌というほどわかっていた。女の子を素敵だと思っても、キスどころか手も握れないのと同じように。

だからといって男性にときめくわけではない。たぶん自分には、覇気《はき》とか、愛情とか、熱心さとか、そういう人間らしい感情が乏しいのだと思う。

どんな性格だろうと兄たちに疎《うと》まれるのであれば、普通に、他の人と愛しあえる人間になりたいと願っているのに、世界はまるでガラスの壁の向こう側にあるか、映画でも観ているようだ。綺麗だと思うことも、素敵だと思うことも、おいしいと感じることも、笑うこともできるのに、ユーリ以外のすべてがつくりもののように——あるいは、ユーリ自身がつくりもののように、混じれない。

(つくりものか、そうじゃなかったら、幽霊ってところかな)

ようやくつかまえたタクシーにメリルボーンの住所を告げる。

十分ほどでホテルのようにドアマンのいるアパートメントにつき、最上階の部屋までエレベーターで上がると、中には外の喧噪がまったく届かず、いつものよそよそしい静寂が満ちていた。

このアパートメントも、もう一年半使っているのに、いまだに慣れないままだった。快適で不自由のない生活だが、ユーリのいないあいだに掃除がすまされ、洗濯物は出しておけば綺麗になって戻ってくるし、食事は給仕係が部屋の前まで届けにくる。

確かに誰かがいるはずなのに、その気配も感じ取れないほどひっそりした外廊下を歩くと、現実感のなさに足下がふわふわした。

独《ひと》りだ、と感じるのは、寂しいというより諦《あきら》めに似ている。

いっそ本当に幽霊だったらよかったのに、と思いながら、酔いも手伝って半《なか》ばぼんやりしたまま鍵を開けたユーリは、数歩踏み込んでから部屋の電気がついていることにやっと気づいてはっとした。ぼうっと緩《ゆる》んでいた身体《からだ》が、一瞬で強張《こわば》る。

短い廊下の奥、開放的な造りのリビングのソファーのそばに、黒いスーツ姿の長身の男が立っていた。ユーリに気づいて振り返ったその顔は、精悍《せいかん》、と言うに相応《ふさわ》しい、厳しさと凛々《りり》しさを備えていた。

歳は三十前後だろうか。格好だけ見ればロンドンでもよく見かける外国のビジネスマンといったふうだが、雰囲気はまったく異なっている。それは長く伸ばして一つに結んだ黒髪や、彼の手足に静かにみなぎる緊張感だけでなく、全身から漂う気配のせいだった。

乾いた風と砂のにおい、厳しい陽射《ひざ》し、夜の冷たい空気——遠い異国の色を濃密に漂わせて、やや

長い前髪の下から鋭い青い目でユーリを見据え、膝を折る。

「お待ちしておりました、ユーリ様。アゼール様から手紙を預かってまいりました。ご一読いただき、我々と一緒にご帰国ください」

丁寧だが有無を言わせない口調だった。久しぶりに聞くクルメキシア語——母国語の鋭い響きに、ユーリは身動きすることもできなかった。

（……怖い、人だ）

帰れと言われる日が来るのは承知していたし、彼はそれを告げに来ただけの男なのに、ひどく怖かった。クルメキシアの人間はたいていユーリにとって怖いけれど、それ以上に、彼の纏《まと》う雰囲気がぴりぴりしている。

無意識に後じさると、男は顔を上げた。びくりと竦《すく》んだユーリに一瞬いぶかしげな顔をし、それから表情を消して立ち上がった。

そばまで来ると、体格の差が歴然としていた。彼は豹《ひょう》で、自分は目が覚めきらないまぬけな兎《うさぎ》のようだった。ひんやりと燃えるような厳しい眼差《まなざ》しに見下ろされると、それだけで背筋が冷たくなる。

「いろいろと身辺のご整理もおありでしょうから、一週間与えるとアゼール様から言付《ことづ》かっております。どうぞ」

身震いしたユーリに、男は手紙を差し出す。受け取ったその封書には見慣れたクルメキシアの紋章が浮き出していて、ユーリは冷たくなった指でひらいた。

手書きではなくタイプされた簡潔な文章が、父クシュールが闘病のために退位すること、それに伴いアゼールが即位することを告げていた。ユーリにも、「末席の王族として」イギリスでの滞在を取りやめ、公務につくために帰国するように、と命令で締めくくられていた。

文末に添えられた長兄《ちょうけい》アゼールのサインまで目を通すと、男が静かに口をひらいた。

「本日から帰国までは、私がお世話させていただきます、ユーリ様」

慣れない呼ばれ方に、ぴく、と肩が震えてしまい、ユーリは顔を上げた。不機嫌にさえ見える硬い表情のまま、彼はユーリを見下ろしている。

「他に二名、イギリスに来ておりますが、こちらに泊まり込ませていただくのは私だけですので、よろしくお願いします」

「ま……待って、ください」

当然のことのように言われ、ユーリは慌《あわ》てて遮《さえぎ》った。

「ここに——泊まるんですか？」

「万が一のことがあるといけませんので。ご心配なく、ソファか床で寝ます」

そういうことじゃないです、と言いそうになるのを、ユーリは呑《の》み込んだ。万が一なんてあるわけがない、と思ったが、おそらくは、ユーリが嫌がって逃げ出したりしないか、そっちが心配なのだろう。

立場を考えれば、警戒されるのも仕方がない。他人がそばにいる、という状況は苦手だけれど、拒否する権利はユーリにはなかった。

ユーリが、「異国の穢《けが》れた女」の血を引く、忌《い》むべき混血だから。

「わかりました。……よろしくお願いします」

俯《うつむ》くように頷《うなず》いて、それからユーリは思い出して顔を上げた。怖いし、できれば一緒にいたくはないけれど、一週間逃げられないのなら、訊いておかねばならない。

「あの、お名前をうかがってもいいですか？」

瞬間、彼の目が驚いたように見ひらかれた。それが、すぐに強い光を浮かべる。

「ご存じなかったのですね――まあ、無理もない」

口調は苦く、ユーリは失敗したことを悟って後じさった。男の口の端に一瞬、嘲笑《ちょうしょう》めいたものがひらめいて、すぐに消えた。

「ヴィルトといいます。以後、お見知りおきを」

「……ヴィルト、様」

きっと身分も高い人なのだろう。建前だけ王子として一族の末席に名前を残してもらったユーリよりもずっと、尊敬されてしかるべきような。

ヴィルトは折り目正しく胸に手を当てて礼をしたあと、すっと部屋の隅に引いた。中に入ってもいい、という意味だろうか、と思いながら、ユーリはおずおずと進み、そのまま寝室のドアを開けた。

「おやすみなさいませ」

律儀《りちぎ》にかけられた声に、まともに応《こた》えられないままドアを閉める。心臓が嫌な音をたてている気がした。

ヴィルトは兄アゼールの部下で、ユーリはアゼールにとって憎むべき人間だから、ヴィルトもあんなにも威圧的な態度なのだ。慣れあう気など一切ない、というような、表面だけ慇懃《いんぎん》な態度。

淫売め、と罵《ののし》る声が、意識の底からまた浮かんでくる。

ユーリの母ユリアが、クルメキシアの王である父クシュールと最初に出会ったのは、父がイギリスに留学していたときらしい。いったんは別れ、帰国して王になったクシュールは、クルメキシアのしきたりに従って二人の女性と結婚したあと、ユーリの母をクルメキシアに呼び寄せた。最初は研究者として、のちには三番目の妻として。

そうして生まれたのがユーリだ。

保守的なクルメキシアにおいて、王家にイギリス人が嫁ぐこと自体が忌避《きひ》すべきことで、生まれたユーリは男子だったせいでよけいに論争の火種になった。結果、兄たちやその母親二人からも、王宮にいる人間からもユーリは疎まれて、母とも引き離された状態でずっと暮らしてきた。ときには面と向かって罵倒《ばとう》され、ときにはそこにいないもののように扱われる毎日で、ユーリはできるだけ目立たないように、口をきかないようにして育った。

その状況を父がどれだけ正確に把握していたかはわからないが、高校からロンドンに留学できるよう取りはからってくれたのは父だった。

混じれはしないけれど、つらく当たる人間のいないロンドンでの生活は、生まれてから今までで一番自由だった。でも、そのわずかな自由も、もう終わりだ。

諦めだけがこみ上げて、ユーリは手紙を握りしめた。


息苦しい。

すれ違った二人連れの女性が自分の斜め後ろを興味深げに眺めるのをやりすごして、ユーリは喉に手をやった。ロンドンには珍しく晴天の日で、秋口の爽《さわ》やかな気候だというのに、喉が詰まったように苦しい。

「ユーリ様、今日はどちらに」

斜め後ろから、律儀に声がかけられて、ユーリはそっとため息を殺した。

「退学の手続きはほとんど終わりましたから、今日は――買い物に」

宣言どおり、あの日以来ヴィルトがユーリの部屋に寝泊まりするようになって、今日で四日目だった。部屋にいる間の彼はほとんど口をきかないので、おそろしいほど気詰まりなのだが、外に出て、まるで影のように斜め後ろにぴたりと付き添われるのも、ユーリにとっては緊張を強《し》いられることだった。

様づけで呼ばれるのも、まだ慣れない。食事のときも彼は自分は手をつけず、ユーリが食べるのを観察するようにじっと見ているだけで、ただでさえ乏しい食欲が、この数日はほとんどない。

ドアを隔《へだ》てていても、隣の部屋に人がいる状態も、久しぶりのことで苦痛だった。おかげでまともに眠ってさえいない。

できれば、夜のあいだくらい一人にしてほしい。決して言えないその希望を、ユーリはぐっと呑み込んだ。

「買い物なら、地下鉄に乗りますか」

「……いえ。遠くないので、歩きます」

土曜日のメリルボーンは観光客も多く、歩道も車道も混雑している。どんな人間も目立たないはずなのに、すれ違う女性がまたヴィルトを見るのがわかって、ユーリはますます俯いた。確かにヴィルトは目立つ。相変わらずの黒いスーツ姿に一見ミスマッチな長髪、そして鋭いが整った顔立ちは、女性にとっては魅力的なのだろう。彼が目立つのは仕方ないけれど……ヴィルトを見た人はみんな、彼がぴたりとつき従うユーリに気づいて「この子はなんだろう？」と言いたげな無遠慮な視線になる。

それが咎《とが》めるような視線に思えるのは、自分の思い込みだとわかっていても息苦しかった。

人の視線から逃げるように深く俯くと、ふっと目眩《めまい》がした。視界が揺れ、すうっと暗くなるのは貧血の症状だ。最近はめったになかったのに、寝不足が響いただろうか——そう思いながらよろけ、踏ん張ろうとしたところで、ぐい、と腕を引かれた。

「ユーリ様」

低い、咎めるような声にぞくっと背筋が強張った。ユーリは慌ててヴィルトの手を振りほどき、

「すみません」と言った。

「ちょっとよろけてしまって……ご迷惑を」

「——いえ」

ヴィルトは唸《うな》るように言い、そのまま硬い声で続けた。

「どうぞ車道側を。今日は人が多いので、気をつけてください。……失礼します」

不本意そうに眉を寄せた彼に隣に並ばれ、ユーリはまた身体を強張らせた。隣に並ばれるのは、後ろに付き添われるよりももっと慣れない。まして、車道側を歩けだなんて、まるで大切な人間に対する扱いだ。

「あの、ほんとに大丈夫です。僕はその、一人でも慣れてますし……あなたも、お仕事だと思いますけど、でも」

そういうのはいいです、と言おうとして、睨《にら》むように見下ろされ、ユーリは口をつぐんだ。黙ってしまうと、ヴィルトもなにも言わずに前を向く。

黙々と歩くのは、いつも以上に気詰まりだった。それほど遠くないハロッズに、永遠につかないような気がして、つけばついたで、また後ろに寄り添うヴィルトばかりに気を取られてしまう。

ヴィルトも、せめて黙っていてくれればいいのに、「なにを買うのでしょうか」などと訊いてきて、ユーリは息苦しさで無意識に胸を押さえた。

「母と――父に、お土産《みやげ》でも、と思って」

母の墓はクルメキシアにある。王廟《おうびょう》に入れるかどうかで揉《も》めて、結局街の小さな墓地に葬《ほうむ》られた彼女の墓に、帰国する度にお土産を持っていくのがユーリの習慣だった。

「ユリア様のお墓参りをされているそうですね」

「ええ。母ですから」

墓参りを禁止されたら困る、とやや早口で答えて、ユーリは売り場を巡った。母の好きだった紅茶とクッキー、昆虫の写真集に人気作家の小説を買うと、あっというまに荷物が重くなる。

最上階のブックストアから階段を下りようとすると、ヴィルトが手を伸ばしてきた。ひょい、とあっけなく手から荷物を取り上げられて、ユーリは思わず声をあげた。

「困ります」

取り上げられる、と思った。お土産だと説明したのに——それさえ許されないのは嫌だ。

「返して」

ユーリの肩よりも高い位置に荷物を抱えたヴィルトは、ユーリが詰め寄ると、渡さないとでもいうように一歩身を引いた。ひどい、と青ざめかけたユーリに、ヴィルトは困ったように眉を下げた。

「重そうなので、お持ちしただけです。取り上げたわけではありません」

「……自分で持てます」

「でも、さきほどよろめいていたでしょう。差し出がましいようですが、今朝も林檎《りんご》を一切れと紅茶だけで、ほとんど食べていらっしゃいませんし、今も顔色がよくありません」

荷物を遠ざけたまま淡々と言われ、ユーリは唇を噛んだ。ヴィルトはため息をついて、階段を下りはじめた。

「二階にカフェがありました。そちらで休憩しましょう」

有無を言わさない口調だった。もっと柔《やわ》らかい優しい言い方だったとしても、自分には拒否したり反論する権利もないのだ、と思って、ユーリは彼のあとに従った。

どうやら呆《あき》れているらしいヴィルトの不興をこれ以上買いたくなかった。母への土産を取り上げられたら困る。

いつも混雑しているティールームは、時間が中途半端《ちゅうとはんぱ》なせいか、ほぼ待たずに窓際の席に通された。どうぞ、と差し出されたメニューに、ユーリは黙って視線を落とす。

なにも食べたくはないが、食べなければきっとまたなにか言われる。

「この時間はスコーンはないんですね。ユーリ様はなにになさいますか」

「サンドイッチにします」

一番量が少ないので、というのは黙っておく。同じものを二人分オーダーしたヴィルトは、テーブルの上で手を組むとじっとユーリを見つめた。

「ずっと思っていたのですが、そもそも、アパートメントで出てくる食事の量が少なすぎます。量を増やすように言っておきます」

「いえ、あれは——僕が、食べられないので、減らしていただいてるんです」

「では少し食べる努力をしたほうがいい。それから、夜あまり眠れていらっしゃらないようですが」

「……寝てます」

「今日も目が赤いですよ」

言い逃れするな、と言うように声が低められ、ユーリは顔を伏せた。すみません、と口の中で呟《つぶや》くと、聞こえたのか聞こえなかったのか、ヴィルトが大きくため息をついた。

皿にたっぷりと盛られたサンドイッチが届き、にこやかな初老の男性がお茶を注いでくれる。ヴィルトが慣れた物腰で礼を言い、ユーリは食欲が湧《わ》かないままサンドイッチに手をつけた。

あまり味のしない、本来だったらおいしいだろうそれを咀嚼《そしゃく》して飲み込む。紅茶で流すようにしてどうにか半分食べると、ヴィルトが口をひらいた。

「明後日にはクルメキシアに戻りますが」

「――はい」

「戻られれば、ユーリ様は公務も担《にな》われる、れっきとした王子のお一人です」

苛立《いらだ》ちを押し殺したような、どこか尖《とが》った声だった。

「大事なお身体ですから、きちんと食べて、それから……毅然《きぜん》としてください。そんなふうに顔を伏せてばかりいるのは、望ましくありません」

叱られているのだとわかって、ユーリは驚いて顔を上げた。そんな忠告めいたことを他人に言われるのは初めてのことだった。

目を見ひらいてヴィルトを見てしまうと、彼は気まずそうに顔を逸《そ》らす。

「ユーリ様が王子らしくしないと、クシュール様もユリア様も悲しいでしょうし、アゼール様の評価にもかかわります。出すぎたことを言って申し訳ありませんが」

「……いえ」

口早な、言い訳めいた言葉に、気持ちが不安定に揺れた。アゼールのことを思っての発言だとすれば納得がいく。でも、そうだとしても――顔を上げろ、などと言われたのは初めてだった。

そこにいてはいけないものとして、常に視線から逃れるように、できるだけ下を向く癖《くせ》は昔からだ。そうしていれば、他人の蔑《さげす》むような目や表情を見なくてすむ。

ヴィルトは真面目で、アゼールに心から仕えている人なのだろう、とユーリは思った。ユーリの面倒など見たくはないだろうに、忠告までするくらいに、アゼールが大事なのだ。

ふ、とあたりが色を失い、遠ざかるような心地がした。

世界が自分から遠い、と感じるいつものあの感覚だった。こうやって忠告をしてくれるヴィルトでさえ、向かいあって座っていたとしても、ユーリからは遠い。

どんな揶揄《やゆ》を浴びても俯かずにいたら、世界は少し変わるだろうか。

そうだったらいいけど、と思いながら窓の外の、見慣れたロンドンの街を眺める。きっともう二度と見ることのないだろう景色だ。結局馴染《なじ》むことのできなかった場所。いつもよりよそよそしく思える居心地の悪さはそのまま、ユーリがここにいてはいけないと――存在してはいけないと告げているようだ。

変わる日が来るなんてとても思えないけれど、帰国したらヴィルトの言うようにしてみよう、と思いながら、ユーリは最後のサンドイッチに手を伸ばした。

石造りの回廊《かいろう》は天井が高く、陽射しの強い時間でもひんやりとしていた。中庭に降り注ぐ陽射しの眩《まぶ》しさに目を細めながら、ユーリは肩から落ちてきた飾り布をかけ直した。

久しぶりに着た民族衣装は、馴染みがないせいで歩きにくい。ワンピースのように裾の長いトウブに、豪華な刺繍《ししゅう》を施した黒い帯、赤い地にこれも刺繍が施された飾り布を肩にかけるのだが、どれもひらひらして長く、扱いにくいのだ。外ではないから日よけのクーフィヤを頭につけなくていいのだけが幸いだった。

前を行く案内役の男が、脚をとめたユーリを振り返る。ユーリがトウブの裾を持ち上げて小走りに追いつくと、彼はほんのわずか、小馬鹿にしたような笑みを浮かべた。クルメキシアの男としては背が低く骨格も華奢《きゃしゃ》なユーリは、金色の髪と白い肌をしていることもあって、この国の服装が似合わない。混血の女々《めめ》しい、貧相な人間だと思われているに違いない。

ちくりと胸が痛んで、ユーリは俯きそうになった顔を無理に上げた。

せめて少しでも毅然と、だ。ヴィルトに言われたこともあるし、ここでは、こういう態度が取られるのが当たり前なのだ。慣れないといけない、とユーリは自分に言い聞かせた。

半月後にはアゼールが新王になる。父がまがりなりにも庇《かば》ってくれていたときよりも、ユーリの立場が危《あや》ういものになるのは明らかだった。

彫刻を施した黒い木の扉を案内人が開けると、謁見《えっけん》の間の奥には、すでに玉座に座ったアゼールが待っていた。ユーリは大勢の臣下が並んでいて、自分に蔑みの視線を投げてくるのではと思っていたのだが、意外なことに、アゼールの脇にヴィルトがいる他は、部屋の隅に衛兵がいるだけだ。三日ぶりに見るヴィルトはすでに他人の顔で、ユーリを一瞥《いちべつ》もしなかった。

案内人が下がり、玉座の下まで来たユーリを、椅子の上からアゼールが皮肉っぽい目で見下ろした。

「相変わらず似合わないな。異国の女の血が貴い我が王家に混じったと思うとぞっとする」

「――新王継承、おめでとうございます」

ユーリは胸に手を当てて頭を下げた。皮肉を言うだけあって、アゼールは正装も板についていて、異例の若さで王になるというのに気負いも緊張も感じられなかった。クルメキシア人らしい小麦色の肌に、凜《りん》とした黒い目、黒髪で、全体的に研《と》ぎすまされたような、男性的な美しさがある。

ユーリが下げた頭を戻すと、視線をあわせたアゼールは唇の端をつり上げてみせた。

「なにもめでたくはないさ。おまえの母親のせいで、父上が国をめちゃくちゃにしたからな。俺の役目はその尻拭《しりぬぐ》いだ。おまえにも、せいぜい手伝ってもらう」

鋭い視線がユーリに刺さるようだった。憎むべきもの、というように睨まれて、ユーリは黙って彼を見返した。

(母様のせいではないし、父上は国をめちゃくちゃになんかしてない)

反論できるならばしたかった。ユーリはこの国を好きだとは思えないけれど、父も母もクルメキシアを愛していたことはよく知っていたし、父が母を愛していたことも、母が父を愛していたことも知っている。だが、言い返したりすれば、いっそう憎しみを買うだけなのもわかっていた。

「まずは無駄な親欧政策はやめる。我が国は我が国独自の誇るべき文化があり、資源も豊富だ。石油、天然ガス、宝石。これだけ揃っているのにヨーロッパの貧しい国におもねる必要はない。それよりも、近隣の兄弟国ともっと親和を深めるべきだ。おまえにもそのつもりで行動してもらいたい。淫売の妾《めかけ》の子でも、父上の血を引いているんだからな」

「――母は三番目の妻で、妾ではありません」

「だが異国人だ」

ユーリの反論をあっさりと切り捨てて、アゼールはユーリを指さした。

「その忌々しい金色の頭も気持ち悪い灰色の目も、女みたいに白い肌も目障《めざわ》りだが、そんなおまえにも公務をやるんだ。せいぜい役に立ってもらう」

刺々しい、憎しみと怒りのこもった声が響く。

「バルグリアへの親善大使だ。ジダル卿《きょう》がおまえのような外見でもいいと言ってくれたからな、友好

的な両国の関係のために尽くせ」

「……はい」

バルグリアはクルメキシアの隣の国だ。国土のほとんどが砂漠だが、クルメキシアの三倍の広さを持つ大国だった。国土が広い分資源も豊富で裕福で、この付近一帯の国々の中心でもある。部族の違いでわかれてはいるが、国民の行き来は比較的自由で、両国はそれなりに友好的な関係だった。

誰でも務まりそうな「親善大使」に自分をつけるということは、つまり、国内にはいてほしくないということなのだと悟って、ユーリは深く頭を下げた。

どこでもいい。イギリスでさえ居場所がない気がしていたけれど、生まれたはずのこの国にも、ユーリのいるべき場所はない。赴《おもむ》くのが隣の国だろうと、あるいは地球の裏側の国だろうと変わりはなかった。

「父上に挨拶したらすぐ出立《しゅったつ》の準備をしろ。くれぐれもジダル卿に失礼のないようにな。ヴィルト、必要なものはおまえが整えてやれ。文句はないだろうな？　こんななりだ、せめて我が国の誇る宝石でもつけないと」

「かしこまりました」

蔑み混じりに冷ややかに、どこか含みをもたせて命じるアゼールに、ヴィルトが答えた。ぴんと背筋を伸ばした立ち方は軍人のようだったが、上衣の裾が短く動きやすそうな服装である以外は、身分を示す飾りのようなものはない。

ユーリはつい目を向けてしまったが、ヴィルトはまったくユーリを見ておらず、そのことがはっきりと彼の意志を表しているようだった。命令でユーリをイギリスまで迎えには行ったものの、ただそれだけで、かかわりなど持ちたくない、準備の手伝いなどもってのほかだと主張しているように見える。

できるだけ迷惑をかけないようにしよう、と思いながらユーリはもう一度深く礼をして、謁見の間をあとにした。

ずるずる引きずるトウブも、いくらかけ直しても落ちてくる肩布も煩《わずら》わしい。

それを直しながら、ユーリは外に控えていた案内人にともなわれて父の居室に向かった。王宮の中でも奥まった、さほど広くない部屋のベッドには、父が起き上がって待っていて、ユーリが入ると笑みを浮かべて手を広げてくれた。

一年ぶりだった。去年の夏休みの終わりに挨拶して以来の父はずいぶん痩《や》せて、けれど顔に浮かぶ表情は穏《おだ》やかだった。

「おかえりユーリ」

「父上」

伸ばされた手に逆らわず抱きしめられて、ユーリは控えめに父の背中を抱き返した。

「また少し大きくなったかな、私の天使は」

「変わっていません。もうとまったと思います」

「私は二十七まで背が伸びたぞ。――ああ、ユリアにそっくりだね、おまえは」

愛しげに瞳を覗き込まれ、かわいた指先で頬を撫でられて、ユーリははにかんだ笑みを浮かべた。

男らしくないと揶揄されるか、可愛いと言われるかしかない自分の顔は好きではないのだが、父が愛しそうに目を細めてくれるのは嬉しかった。どれだけ父が母を愛していたかがよくわかるから。

「この銀の目がユリアと同じ青だったら、並んでも見分けがつかないかもしれないな」

「そんなことありません。そんなに似てないし、だいたい父上ならきっと母様のことすぐわかるでしょう」

「そうだな。間違えたらユリアに怒られるな」

笑って、父は幼い子供にするようにユーリの髪を撫でてくれた。

その力の弱さに、会えるのはこれが最後になりそうな予感がして、ユーリはふいに泣きたくなった。

ユーリには父と自由に会う権利もない。父がいなくなったら、ユーリを愛してくれた人は誰もいなくなる。ユーリが愛せる人間も。

ぎゅ、と父の手を握ると、クシュールは穏やかに目尻を下げて微笑んだ。

「おまえは私の大切な息子の一人だ。アゼールが王になったら、他の兄弟とも手を取りあって、アゼールを支えてやっておくれ。家族の絆《きずな》はなにより貴いのだからね」

「――はい、父上」

頷くと、公務をきちんと果たせるように頑張ろう、という気持ちがやっと湧いてきた。もしかしたら、バルグリアでは仕事がある分、ユーリの居場所もあるかもしれない。気後《きおく》れも、一人混じれないような心もとなさも、忘れられるかもしれない。

それになにより、こうして愛してくれる父の期待に背かないようにしたかった。少しでも彼が自慢に思ってくれて、安心してくれるように。


出立の準備と言われても、持っていきたいものもたいしてないユーリはぴんとこなかったのだが、一人きりでの夕食のあと、案内された浴室を見たときにはつい眉をひそめてしまった。

贅沢にたっぷりお湯を張った浴槽には薔薇の花が浮かべられていて、まるで嫁入りする女性に使わせるような雰囲気だ。公式な立場で隣国に赴くのだから身なりを整えろ、というのは理解できるが――どうせ、これも遠回しな嫌がらせなのだ。

（おまえをこの国の男とは認めてやらない、とか言いたいのかな）

赤い花びらに埋め尽くされたお湯につかりながら、ユーリは腕を伸ばして見つめた。力強くはないが女性のものとはそもそも骨格が違う。イギリスで女性に間違われたこともないし、女性っぽいと言われたことさえないのに、クルメキシアではことあるごとに女々しいと言われてしまう。男が好きなんだろう、と揶揄されるのが嫌で、高校時代を過ごしたパブリックスクールでも、親しい友達さえ作らなかった。カレッジに進んでからは、週末にはユーリなりに積極的に女の子とでかけたのに。

（……結局、なんにもできなかったな）

会話も弾まなかった最後のデートのことを思い出し、ユーリはぶくぶくとお湯に沈んだ。寂しい、と思う。一人きりで異世界にいるように、誰も愛せないのは寂しいことだ。なにも大切なものがなく、どこにも愛着を持てず、誰にも大切に思われないまま終わっていきそうな人生を思うと、しんと心が冷える。

死ぬ瞬間まで、きっと独りだ。

生まれながらに幽霊のように扱われていたクルメキシアとは違い、イギリスでは少なくとも、ユーリがその場にいることを無視するような人間はいなかった。服を着て歩くだけで嘲笑されることもなく、イギリスに行って初めて他人と普通に会話できたときはとても嬉しかった。イギリスはずっといられる場所ではなく、ユーリは通り過ぎるだけの人間だったけれど、それでも、この五年間は恵まれていたのだろう。

それなのに、一番仲良くしていたジェームズにも、なにも言えないまま帰国してしまった。もしかしたら、彼が最初で最後の「友達」だったかもしれない。

パソコンくらいは持っていくのが許されるだろうから、落ち着いたらちゃんとメールしよう、とユーリは自分に言い聞かせた。直接会うことは二度とないだろうからこそ、挨拶くらいはきちんとしたかった。

バルグリアに行ったらなにか変わるだろうか、ともう一度考えてみる。うまく親善大使として振舞えたら、アゼールも少しは態度を和《やわ》らげてくれるだろうか。すごく素敵な女性がバルグリアにいて、今まで感じたことのないような気持ちになって、恋に落ちたりとか。

想像しようとしてもそんな場面はまったく浮かばず、ユーリは深く息をついてお湯から上がった。肌からはふんわり花のにおいがして、また一抹《いちまつ》、寂しさがよぎる。どれほど綺麗にしても、正装しても、見て褒《ほ》めてくれる人はここにいない。出発するまでに、あと一度でも父に会えればいいのだが、アゼールが許可してくれるとは思えなかった。

浴室の外には顔を布で覆った女官たちが待ち構えていて、ユーリを敷布《しきふ》のかかった長椅子の上に寝そべらせると、身体中に花のにおいのする香油を塗り込んだ。そんな待遇は生まれて初めてだったが、彼女たちに文句を言うわけにもいかずおとなしくされるがままになり、終わるとゆったりした夜着を着せられた。

まるで何百年も時代を遡《さかのぼ》ったみたいだと思いながら従者に付き添われて自室に戻ったユーリは、一歩踏み込んではっとして足をとめた。

後ろでドアが重い音をたてて閉められる。

簡素な部屋の奥にあるベッドのそばに、ヴィルトが立っていた。夜だからか黒い上着を着た姿はいっそう武人めいていて、立ちどまったユーリに向けられた青い目は冷たく、感情の窺《うかが》えない顔だった。

「──なにかご用ですか」

クルメキシアの景色と空気にしっくり馴染んだヴィルトは、イギリスで見るよりも堂々として、威圧的だった。萎縮しそうな自分を叱咤《しった》してユーリが訊くと、ヴィルトは一歩下がるようにして半身を引いた。

「アゼール様から、ユーリ様のご出立の準備を手伝うよう言いつかっております。こちらへ」

「準備？　今からですか？」

確かに今朝そう聞いたけれど、もう夜だ。バルグリア特有の礼儀作法でも学べということかと、ユーリはベッドの脇、彼の前まで歩み寄った。

「覚えることがあるなら、本かなにかいただければ一人でできます」

「お一人では無理かと」

無表情のままそっけなくヴィルトは言い、すぐに「失礼します」とユーリの肩に触れた。そのままベッドに押し倒され、ユーリは怖かったことを忘れてぽかんとヴィルトを見上げた。

そうしているあいだに腰紐がしゅるりとほどかれて、脛《すね》あたりまである夜着の裾をまくり上げられ、ユーリは慌てて起き上がろうとした。

「なにを……っ」

「まずは確認をさせていただきます」

ヴィルトは巧みにユーリの身体を片手で押さえつけ、露《あらわ》になった下着を手早く引き下ろした。ユーリは身を強張らせる。

(……嘘、なんで、こんなこと)

なぜ隣国へ行く準備で、こんな辱《はずかし》めを受けなければならないのだろう。

冷静な目つきで、ヴィルトが自分の性器のあたりを眺めている。羞恥《しゅうち》と憤《いきどお》りで震えるユーリを気遣《きづか》う様子もなく、無遠慮に指が下腹部に触れて、ユーリはぐっと息を呑み込んだ。

冗談じゃない――そう思うと、ヴィルトに対する怖さよりも、怒りが上回る。

「確認って、なんですか。なにか問題でも？」

「問題はあります。ここは――剃《そ》ったほうがいい」

ゆるりと下生《したば》えをかき混ぜられ、くすぐったいような寒気が走ってユーリはびくりとした。ヴィルトは遠慮なくそこをまさぐりながら、さらにきわどい付け根の近くまで指を進めてきて、ユーリはぞっとした。

——これではまるで、犯されようとしているみたいだ。

「っ、や、……め、」

ユーリは渾身《こんしん》の力でヴィルトを押し返そうとしたが、ヴィルトはびくともしなかった。

「ジダル卿は少年趣味だそうですから、できるだけ幼く見えるよう支度をしろとのことです。きっと気に入られるでしょうね。とても綺麗だ」

「——っ、あ、」

つう、と指が性器をすべり、やんわりと絡みついて、ユーリは思わず声を漏らした。かっと身体が熱くなり、慌てて唇を噛んだが、声を聞きつけたヴィルトは指を絡めたまま、青い鋭い目で見下ろした。

「ここに触られるのは初めてですか？」

「……っ、」

「イギリスでは女性とも男性とも関係をもった形跡はないと、報告を受けています。事実ですか？」

硬いもの言いが、よけいに恥ずかしかった。ユーリは押さえつける手から逃れようと身を捩《よじ》りながら顔を背けた。

「大勢と遊ぶよりはいいでしょう。咎められる筋合いはないです……っ」

「咎めてはいません。むしろ好都合ですが――」

語尾を濁《にご》したヴィルトは、ユーリに絡めた指をきゅっと締めた。

「あ……っ！」

甘い痺《しび》れがそこから腹の奥まで駆け抜けて、ユーリは仰《の》け反るようにして声をあげた。続けざまに擦《こす》りたてられて、むずがゆいような感覚に腰が浮いてしまう。

「あ、……っ、あ、あぁっ」

誰とも、セックスをしたことはない。

キスさえしたことがないのだから、そこに触れられたことももちろんない。反応してしまうときはあっても、自分で慰《なぐさ》めることも少ないユーリにとって、初めて施される他人の技はどうしようもなく甘美だった。

(嘘……こんなの、嫌だ)

絶対にいけない、と思うのに、じりじりと熱くなった先端から、体液が溢れてくるのがわかる。

それがヴィルトの指を濡らし、ぬちぬちと聞くに耐えないような音が聞こえてきて、ユーリは懸命に首を振った。

「やめてください……お願い、やめ、……あっ、ん……っ」

ぷくんと膨《ふく》らんでしまった先端の少し下、くびれた場所から裏側を擦られて、ユーリは目を閉じて声を呑み込もうとした。達したりしたらアゼールになんと言われるかわからない。それだけは絶対に駄目だ——そう思ったのに、わざとのようにぐちゅぐちゅと音をたてて激しく先のほうを擦られると、堪《こら》えることはできなかった。

「あ、ぁあっ……?」

びくん、と身体が波打って、弾けるように達してしまう。数度飛び出した白いものが自分の身体に飛び散って、あとを追うように太腿《ふともも》も腹も小刻みに痙攣《けいれん》した。

ヴィルトは搾《しぼ》り取ろうとするようになおもユーリのものを扱《しご》いたあと、ゆっくりと手を離した。押さえつける手も離れたが、荒い息をつくユーリは身じろぐのも難しかった。辛うじて睨むようにヴィルトを見上げると、彼は無表情な顔の中、ほとんど怒っているかのように鋭い目でユーリを見下ろしていた。それが、汚いものか憎いものを見るような目に感じられて、ユーリのほうがいたたまれずに目を逸らす。

淫《みだ》らだと、思われた。こんなにあっけなく、同性に触れられて達してしまうなんて。

少しでも視線から逃れたくて身体を捩り、うつ伏せになると、濡れたヴィルトの手が尻に触れた。自分のいやらしい汁で濡れた手にユーリは竦み、ぎゅっと顔を枕に押しつけた。——恥ずかしい。

「バルグリアでも素行には気をつけます。それでいいでしょう」

本当は言い訳したかった。こんなに簡単に他人の手で感じてしまうのが本性だなんて思われたくない。アゼールに知れたらどれだけ蔑まれるだろう、と思うと憂鬱《ゆううつ》になる。

「素行には無論、気をつけていただきます。ジダル卿は少年趣味なくらいですから、貞淑《ていしゅく》なほうがお好きでしょうし」

濡れた手を見せつけるように、ヴィルトは尻に指を食い込ませてくる。揉みしだくような仕草にぞくりと背筋が震え、ユーリは声を押し出した。

「離して。触らないで」

「確認はまだすんでいません。ここの」

「――！」

ぐい、と尻が両手で摑まれ、左右に割られてユーリは目を見ひらいた。無理に広げられたあわいの奥、窄《すぼ》まったそこに指が宛《あ》てがわれ、そんな、と思う。

「……っ、嫌、嫌だ！　そんな場所、」

「もちろん、使ったことはないと思いますが……確認を」

一度片手が離れ、再び触れられたときには、指はひんやりとした、ぬめったもので覆われていた。どろりとした液状のものが尻の割れ目全体に塗り広げられ、指先をひっかけるようにして孔《あな》に丹念に塗り込められる。

「――っ、う、」

気持ちが悪かった。次にどうされるかがわかって強張る身体を宥《なだ》めるように、ヴィルトは一度太腿まで撫でさすってから、ぐっと指を押し込んだ。

「っう、く……っあ、」

痛みはないが、強烈な異物感で全身が粟立《あわだ》つ。こんなことをされなければならないほど疎まれているのかと思うと、屈辱とやりきれなさで涙が零れそうだった。こんな苦しい、惨めなこと。

「いや、だ……抜いて、おねが、……っ」

ゆっくり指が体内に入ってくる。中を確かめるように少しずつ抉《えぐ》られる感触に、勝手に全身が震えた。

ひくん、ひくんと動いてしまう自分の格好がどれほどみっともないか考えると、いっそ消えてなくなりたかった。

せめて早く終わってほしくて、ユーリはきつくシーツを握りしめる。

（やだ……気持ち、悪い……嫌）

懸命に呻《うめ》き声を我慢するあいだに、ヴィルトは指を根元まで埋め、それから入れたときと同じ速度で引き抜いていく。排泄感に似た危うさに、ユーリは強く顔を伏せた。

「んうっ……んっ……く、」

肌がざわざわする。指を飲み込んだ中がもどかしいように熱く不快で、早く抜いて終わりにしてほ

しい、と思う。

あと少し。あと少しで終わるはずだ。

こくんと喉を鳴らしてシーツを摑む手に力を入れたユーリは、次の瞬間、ヴィルトの指に内側から押し上げられて、息を呑んだ。

「――――っ、っあ、ああ……っ！」

こり、くり、とそこが続けて刺激される。断続的に射精したときのような快感が突き抜けて、ユーリは身体をしならせた。

「い、やぁっ……や、やめ、……あ、は、ぁっ」

腰の奥に熱が集まって、だるいように手足から力が抜けていく。あっというまに再び勃《た》ち上がった性器がヴィルトに中を弄《いじ》られる度に揺れ、自分がはしたなく腰を振っているのだと気づいてもどうすることもできなかった。

ぬぷ、と指が抜け、喪失感に震えたのもつかのま、今度は二本まとめて指が捩《ね》じ込まれて、同じようにあの場所を捏《こ》ねられる。二本の指で揉むように、決して強くない力で擦られると、苦しくて生理的な涙が浮かんでくる。

「はっ……あ、……あっ、ぁあ……っ」

ひらいた口が閉じられない。痛いほど張りつめてしまった性器がつらくて、ユーリは自分でそれを握ろうとした。一言もしゃべらずじっとユーリを観察しているヴィルトの視線はわかっていたが、いやらしいと判断されることより、この苦痛が長く続くほうが耐えられない。

力の入らない指で自分のものに触れようとすると、ヴィルトが黙ったままその手を摑んでどけた。かわりに大きな手で包み込まれ、ユーリはほとんど安堵《あんど》のため息を漏らす。

「あぁ……っあ、ふ、……っ」

ゆるゆると、自分から擦りつけるように動いてしまうのが、彼にはどれほど無様《ぶざま》に見えるだろう。この「確認」が終わったら、兄にふしだらな身体だったと報告するのだろうか。

「ん……っ、く、ふ、っあ、……あ、ぁっ、あぁ！」

せめて声だけでも我慢しようと思えたのも一瞬で、ゆったりと扱かれながら内壁《ないへき》をかきわけられると、上擦《うわず》った声が溢れた。

扱くのと同じリズムで深々と指が差し込まれ、引かれ、ときおり確かめるように一番感じる場所を押されて、少しずつ追い上げられていく。

もう、深い場所まで指を飲み込んで震えてしまうのが、不快さゆえなのかもどかしさなのかもわからなかった。

何度目か、擬似的な性交のように深々と指を突き入れられ、同時に濡れそぼった性器の先端を擦られると、全身を波のように快感が走り抜けて、目の前が真っ白になる。

「あっ――――！」

小刻みに震えて達しながら、ユーリはヴィルトの指を受け入れたところがきつく窄まるのを感じて、くっきりとわかる彼の指のかたちを意識した。

常よりも長く、幾度も吐き出される精が疎ましい。二回も達してしまった。兄の信頼している部下の前で――自分だけがあさましい声をあげて。

「……っ、……ん、……っ」

ゆっくり指を引き抜かれる感触にさえ、背筋が震えた。涙が頬を伝って、せめて泣いていることを悟られまいと、ユーリは顔を上げないままじっとしていた。

侮蔑《ぶべつ》的な言葉を投げかけられるのも覚悟していたが、ヴィルトはやはりなにも言わなかった。かわりに意外なほど丁寧な手つきで汚れた場所を拭われ、元どおりに夜着の裾を直されて、ユーリはいっそう惨めな気持ちになる。

本当に、自分だけが感じたのだ。普通なら、ああいう行為は愛する者同士が、お互いに高めあって感じるもののはずなのに――「確認」する対象でしかないユーリは、ヴィルトにとっては蔑むほどの興味もないのかもしれない。

後始末を終えてしまうと、ヴィルトは落ち着いた声で告げた。

「これから二週間かけて、ユーリ様には準備を整えていただきます。体毛を処理し、男性の相手ができるように慣れてください。身体に雄《おす》を受け入れて悦《よろこ》べるようになって、ジダル卿の寵愛《ちょうあい》が受けられるように――ユーリ様には素質がおありのようですから、二週間後にはきっと見事に仕上がっていると思いますよ」

最後のほうにだけ、苦々しさが込められている気がした。やはりヴィルトも自分を嘲《あざけ》っているのだ。ひどく悔しいのと同時に、憎い、と思う。

こんなに蔑まれるほどのことなんてなにもしていないのに。アゼールも、いやらしいことをして強引にユーリを貶《おとし》めたヴィルトも憎い。

(嫌いだ)

まがりなりにも王子として公務について、もしかしたら役に立てるかも、と考えていた自分が憎い。バルグリアに行けば、まるで娼婦か愛人のような生活が待っているなんて。

(嫌い……嫌い、大嫌い)

嗚咽《おえつ》が零れそうになるのを、ユーリは枕に顔を押しつけて耐えた。静かにヴィルトの気配が遠ざかり、ほどなくして部屋の外に去っていく。

大嫌いだ、と生まれて初めての強さで思い、同じほど強く、ひどく悲しかった。

タオルで擦るだけで赤く染まっていた乳首がぞくぞくして、ユーリはきつく唇を噛んだ。

毎晩さんざん嬲《なぶ》られる乳首は、両方とも濃い桃色に色づいて、自分で見てもいやらしい。色づいた部分はぷっくりと膨れたように見え、つんと尖った先端がむずむずする。できるだけ刺激しないよう洗おうと指先で撫でると、じぃんと痺れて、ユーリは思わず腰を揺らした。

「……ふ、」

はしたないため息が零れてしまい、ユーリは喉を鳴らして指をどけ、それから自分の分身がわずかに反応しているのに気づいてまた唇を噛んだ。

専門の外科医だという男に五日前に処理されてしまったそこは、覆うものもなく性器が剝《む》き出しで、ピンク色の下腹部が本当に子供のようだった。ケア用のクリームを塗らなければいけないのもつらかったが、なにより弱々しい見た目が惨めだ。

ユーリはできるだけそこを見ないようにしながら身体を洗ってお湯を浴びた。相変わらず薔薇の浮かべられた浴槽に事務的に身を沈めて上がり、女官たちに香油を塗り込められると、これから先の時間が意識されて暗くなる。

花風呂も、香油も、ユーリを貢ぎ物として磨くためのものだとはっきりしたせいで、よけいに疎ましかった。なにもかも、兄たちに罵られるとおりの「淫売」になるための準備なのだ。

五日間——最初の夜も入れたら六日間、毎夜ヴィルトはその準備のために訪れる。毎日尻の孔をまさぐられ、完全に勃起してしまうまで胸だけ弄られたり、自慰《じい》をするように言われたりして、ユーリは心も身体も疲れきっていた。

ヴィルトはユーリの身体に触れ、ユーリを高めるものの、彼自身を使ってユーリを抱くことはない。口づけることも、労《いたわ》るような声をかけることもなく、愛技だけを執拗《しつよう》なほど施されるのは、思った以上に屈辱的だった。

ご自分で、と命じるヴィルトの淡々とした低い声を思い出すと、ぶるりと震えが走った。

昨日は、中のひどく感じてしまう場所と胸とを散々弄られ、完全に勃ち上がるまで性器を扱かれて、達しそうになると放り出されて、自分で達《い》くように、と言われたのだった。そんなことをしなければいけない意味がユーリにはわからない。どうして、と問えば、「いつでも相手が最後までしてくれるなどとは思わないことです」とそっけなく言われた。ユーリが萎《な》えかけると再び限界まで高められ、放り出されて、最終的にユーリは自分で自分のものを握った。

じっと睨むようなヴィルトの眼差しに晒《さら》されたまま、よく見えるように大きく脚をひらいて射精した瞬間は、なんだかすべてに負けた気がした。

今日も、またあんなふうに辱められる。

ヴィルトの鋭い眼差しや無表情をもう怖いとは思わないが、あの冷静な人の前で醜態を晒すのが日に日に嫌になる。慣れてくださいと、ヴィルトは言ったが、慣れる日なんか来ないとユーリは思う。のろのろと薄い夜着を纏い、湯殿を出る。いつもひっそりとユーリを見張っているような従者について部屋に戻ると、嫌でもベッドが目に入って、ユーリは嫌悪で身体を震わせた。

絶対に嫌だ。

——せめて、今日だけでも。

涙ぐみそうになってユーリは慌てて目元を拭い、扉の外の気配を窺ってから、そっと窓を開けた。部屋は二階だが、壁は凹凸《おうとつ》がついているからその気になれば下りられる。昔、一度だけ同じように部屋を抜け出したことがあるのだ。

音をたてないように気をつけて窓から身を乗り出すと、窓枠にぶら下がって壁を足で探った。斜めになりながらも無事に狭い足がかりを見つけて手を離す。この調子ならいける、とほっとして、そこからさらに下りようとした途端にずるりと足がすべった。

ひやっとするまもなく身体がずるずると壁伝いに落ちる。二メートルほどずり落ちたあと、ユーリはバランスを崩して地面に倒れ込んだ。

倒れた拍子についた手と尻がじんと痺れたが、思ったよりもひどい痛みはなくて、ユーリはほっとしながら立ち上がった。

ざらざらした壁に擦れた膝や手のひらは傷だらけだが、改めて確かめてみても大きな怪我はしていない。

ユーリはあたりに誰もいないのを確認し、足早に建物を離れた。

高い壁と衛兵と防犯システムに守られた王宮の敷地内は、夜は人気《ひとけ》がなくなる。公務を行う場所と直系の王族が暮らす部屋のあるメインの建物は裏手に向けてひらいたコの字型をしていて、中庭から、娯楽用の小さな建物の点在する裏庭に繋《つな》がっている。うす暗い中庭は無人で、植物の影だけが黒々としていた。そのあいだを、監視カメラに映《うつ》らないよう願いながらすり抜けて、裏庭の北側を目指す。

敷地の北の端には、父が母のために建てた温室があって、＋《プラス》のかたちをした建物の真ん中はガラスのドームを備えたアトリウムになっている。

温室の中は、空調が完備され、ふんだんに水が使われていて緑がいきいきと育ち、人口の池には綺麗な鯉《こい》がいて、蝶やミツバチが飛び交う別世界だ。母は「こんなことまでしなくていいのに」と苦笑していたけれど、ユーリはとても好きだった。

普段は父にも母にも自由には会えず、他の兄弟とも離されて生活していたユーリにとって、週に一度許された温室での「自由時間」は、大切でかけがえのないものだったのだ。魔法の国みたいに特別な空間で、他人がいないそこでなら、いくら両親に甘えてもよかった。

――あそこなら、一晩誰にも見つからずに過ごせる。

遠目にも目立つガラスと石を組み合わせた建物を目指して裏庭を横切り、近づいてみると、綺麗に磨かれていたはずのガラスがくすんでいた。建築用の頑丈《がんじょう》なものだから割れてはいないが、長いこと誰にも整備されていないのが一目で見てとれた。

正面に回ると、扉は施錠されてもおらず、簡単にひらくことができたかわりに、中は無惨に荒れていた。

父が病に倒れてからは、きっと管理がおざなりになっていたのだろう。

今さらながら、どれだけこの国で――アゼールをはじめとした兄たちに、自分と母が疎まれているのかを思い知って、ユーリは少しのあいだ立ち尽くした。しおれた生け垣や枯れた花は、まるでユーリ自身だ。

不要のもの。愛されず、顧《かえり》みられないもの。

そこにあるべきでない、異質のもの。

そっと歩を進めても、空調はきいていないから外と同じほど寒い。クルメキシアの秋は短く、冬がもう近いのだ。

(小さい頃、部屋を抜け出してここまで来たときは、確か夏だったな)

今日と同じように窓から脱出したユーリは、ちょうど温室の真ん中にあるアトリウムにいた母に叱られたけれど、叱ったあとで母は頭を撫でてくれた。寂しい思いをさせてごめんね、と言って、強く抱きしめてくれた――でも、今はもう、誰もここにはいない。

白い息を吐きながら中央のアトリウムまで進むと、芝生《しばふ》はくたりとしていたがまだ青く、かつて美しく植えられていた檸檬《れもん》の樹は、葉はほとんど落ちたもののそのままになっていた。

枯れてはいないことにほっとして、ユーリはその根元に座った。冷たい地面にできるだけ素足が触れないよう、爪先を立て、膝を折って両手で抱き込み、身を縮める。眠るには寒すぎるが、ここなら朝まで見つかる心配もないと思うと、あたたかい自分の部屋よりずっと居心地がよかった。

ヴィルトはユーリが部屋にいないことに気づいたら、どうするのだろう。アゼールに報告したとして、捜すようにアゼールが命じるかどうか、ユーリにはよくわからなかった。ちょうどいい、厄介払《やっかいばら》いができた、と言いそうな気もする。捜されないとしたら——明日の朝ユーリが戻ったら、どんな扱いになるのだろう。面倒をかけるなと怒られるか、なぜ戻ってきたんだと白い目で見られるのか。

めんどくさいな、と思った。疎まれて生きるのは億劫《おっくう》だ。

どうして母はわざわざ、研究のために訪れた国で地位のある相手と結ばれるような、険しい道を選んだのだろう。父だって、仮に母を愛したのだとしても、兄たちが揶揄するように愛人にでもして、子供を作らない選択肢《し》だってあったはずなのに。

恨みがましい気持ちになりかけて、ユーリは膝に顔を押しつけた。

父のことも母のことも好きだ。その二人のせいにはしたくない。したくないのに、ときどき、どうしてなの、と聞きたくなる。

幼い頃、ユーリがそう聞くと、母はいつだって「愛してるから」と笑った。いつかあなたにもわかるわユーリ。好きな人ができたら、きっとわかるから。

（……わかんないよ）

誰も好きになれない。好きになりたいと思うし、好きになってもらえたらいいと思う。疎まれたくはないし、大勢と仲良くできたほうがいい。

でも、うまくできないのだ。

好きという気持ちも知らないまま、身体だけがいやらしい行為を重ねている。

深いため息をついて、ユーリは顔を上げた。

葉の少ない梢《こずえ》のあいだから、ガラス越しの夜の空が見える。アトリウムの外にはいくつも常夜灯《じょうやとう》が灯《とも》っているが、それでも星がまばらにきらめいているのが見てとれた。ロンドンよりも夜空は綺麗だなと思って、いっそ仰向けに寝ようかとユーリは膝を抱えていた腕をほどく。

「ユーリ様」

唐突に背後から声がして、ユーリはびくりとして振り返った。足音もなく近づいてきた黒い人影は、すぐ近くまで来るとユーリの前で膝をつく。

「お捜ししました」

ヴィルトだった。落ち着いた声に咎める響きはなかったが、ユーリは身を引いて彼から距離を取った。

「寄らないで！」

自分でも聞いたことのないような険しい声になり、ヴィルトが驚いたように目を見ひらいた。ユーリはずるずると後じさり、きつくヴィルトを睨みつける。

「部屋には戻らないし、あんな……あんなことは、もう嫌です」

「――ユーリ様」

「もう充分でしょう。慣れましたから。あなたに手伝ってもらわなくたって、もう、」

言いながら、あまりにも惨めで声が震えた。慣れてなんかない、二度と嫌だ、バルグリアになんか行きたくない。そう言えればいいのに。

ヴィルトの視線から逃れるように顔を背け、両膝を抱いて身を縮めると、ヴィルトが立ち上がるのがわかった。力ずくで立ち上がらされ引きずられれば敵《かな》わないから、ユーリは急いで傍《そば》の幹にしがみついた。

「絶対戻りませんから！」

「……そんな、コアラみたいなポーズをしなくても、無理に戻れとは言いません」

こんなときまで静かで感情の窺えない声が降ってくる。そんなことを言っても油断なんかしないからな、とユーリが幹に回した腕に力を込めると、今度はため息が聞こえた。

「その格好では寒いでしょう」

関係ない、放っておいて――そう言う前に、ふわりと肩に重みがかかった。温《ぬく》もりにどきりとして視線を動かすと、かけられたのはヴィルトの着ていた上着だった。

冷えきっていた身体に、そのあたたかさは本能的に心地よかったが、軽蔑されている相手から憐《あわ》れみを受けるのが嫌で、ユーリは唇を噛んでそれを肩から外した。

「いりません」

「着てください。風邪をひきます」

ヴィルトは再び膝をついて、今度は上着で包むようにしてくる。一回り以上体格のいいヴィルトの上着はすっぽりとユーリを覆い、ユーリは恥ずかしさでぼうっと赤くなった。ヴィルトから見たら、ユーリなど男らしさの欠片《かけら》もないように見えるのだろう。

だが、そっと回されたヴィルトの腕は、思いがけなく優しかった。抱きしめるかのように一度きつくユーリの身体に絡みついた腕はすぐにほどかれて、かわりに「失礼します」と言いながら、彼はすぐ隣に腰を下ろした。

「……戻らなくてもいいの？」

つい訊いてしまってからユーリは後悔したが、ヴィルトはユーリを見ないまま「はい」と短く頷いた。

「部屋に戻らなくてもかまいませんが、お一人にするわけにもいきませんので」

言い訳のように、珍しく歯切れの悪い言い方だった。盗み見るとヴィルトはじっと前を向いていて、横顔はどこか居心地が悪そうだった。

ユーリはぬくぬくとあたたかい上着を脱ぐのを諦め、そっと前でかきあわせた。

（変な、感じ）

見つかったら問答無用で連れ戻されると思っていたのに、まさか隣に座るなんて思ってもみなかった。上着までかけてくれるなんて……もしかしたら、もともとは優しい人なのかもしれない。ユーリのことも、あまりに惨めだから同情してくれたのだろうか。

「手入れがいきとどいていなくて、がっかりされたでしょう」

前を向いたままヴィルトが急にそう言って、ユーリは顔を上げた。

「手入れ？」

「この温室です。クシュール様はずっと大切にされていましたが、アゼール様は取り壊すおつもりだと聞いています」

「……そうですか」

子供の頃から慣れ親しんだ場所だから、もちろんなくなってほしくはないが、アゼールが取り壊したがっているのは意外ではなかった。こうして放置されているくらいだから、壊されても仕方がない、とユーリは考えて、自分の薄情さを自嘲した。

大切な場所だったのに、こんなに少ししか心が動かない。

「ここは、動植物の研究には有意義だと申し上げてはいるのですが」

「――そうなんですか？」

「ユリア様はもともと環境学がご専門だったと聞いています。クルメキシアの自然保護にも関心を寄せられていたそうで、奥のエリアではクルメキシアの植物を育てられていて、蜂《はち》や蝶の研究もされていたはずですよ」

「そうなんですね。知らなかった」

母が蝶や植物が好きで研究をしていたとは知っていたが、子供の頃は、温室はただ自由にできる場所としか思っていなかった。思わず奥のほうに目をやったが、夜の暗さでは少し離れるとなにもわからない。昔、追いかけて遊んだ蝶や蜂は、クルメキシアの生き物だったのかもしれない。

「……でも、まだ壊されてなくてよかったです」

夜の闇の向こう、自分に笑いかけてくれる母親の姿を思い描いて、ユーリは呟いた。取り壊されるのは仕方がない。でも、それなら今夜ここに来たことも、幸運な巡りあわせなような気がした。

「荒れてても、壊される前に来られてよかったです。昔、よくここで遊んだので」

「知っています」

「え？」

思いがけない相槌《あいづち》に、ユーリはヴィルトを振り返った。

「父上から聞いたんですか？」

「いえ……」

否定しかけ、ヴィルトは言いよどんで口元を覆うと、また姿勢を正して前を向いてしまった。

「クシュール様からもお聞きしましたが、以前、こちらにいらっしゃるユーリ様を見かけたことがあります」

「そうだったんですね」

「楽しそうにしていらっしゃいましたよ」

「ここにいるときは、楽しかったから」

言いながら、逆に言えばここ以外では楽しくないと言っているようなものだと気づいたが、ヴィルトが聞き咎めた様子はなかった。かわりに、どこかぎこちない声音《こわね》で訊いてくる。

「昔のことは、よく覚えていらっしゃいますか？」

「昔のこと？」

「たとえば……その、お母様のこととか」

「どうかな。普通には、覚えていますけど。でも、一緒に過ごせる時間が少なかったですから」

母とも離されて一人部屋が与えられていたユーリの身の回りの世話はクルメキシア語しか話せない数名の女官に任されていて、勉強はやはりクルメキシア人の家庭教師がついていた。

世話をする女官や家庭教師たちは、あからさまにユーリを蔑むことはなかったが、会話は必要最低限だけだった。たまに顔をあわせる兄弟からは侮辱されるか無視されるかしていたせいか、ユーリの子供の頃の記憶はひどくぼんやりしている。

「ここが、すごく好きだったのは覚えてるんですけど」

そう呟くと、ヴィルトはなにか考え込むように「そうですか」と言った。

「では、私の名前を知らなかったのも当然ですね」

「——すみません。僕は、いろいろなことに疎いので」

「ユーリ様が謝ることではありません」

そう言われても、堅苦しい口調の台詞《せりふ》を額面どおりに受け取っていいものか、ユーリにはわからなかった。窺った横顔からも、彼の考えていることは読み取れない。

冷静で、意志の強そうな顔だなとユーリは思う。しなやかな身体には隅々まで静かな自信が宿っているようで、いかにも頼りがいのある雰囲気だ。神経質なところのあるアゼールが信頼しているくらいだから、きっと昔から兄に仕えてきたのだろう。

「ヴィルト……様は、ずっと兄と一緒ですか？」

黙っているのもいたたまれずそう口にすると、ヴィルトはちらりとこちらを見、すぐにまた目を逸らした。

「呼び捨てでかまいません、ユーリ様。アゼール様とは、もう十五年ほどになります。初めは学友に取り上げていただきまして」

「十五年、ですか」

ちょっとだけ羨《うらや》ましかった。ユーリには、長く一緒に過ごしたことのある人間がいない。親しく話をする相手も——上着をかけてくれるような相手も。

ユーリはあたたかい上着の下で身じろぎした。兄の側近なのに、こんなふうに——憐れみ故とはいえ、優しくしたことがアゼールに知れたらまずいのではないだろうか。

「寒いですか？」

「え？」

上着に顎《あご》をうずめるように俯きかけていたユーリは、気遣わしげに問われてヴィルトを振り返った。

ヴィルトは手を伸ばして、乱れていたユーリの夜着の裾を直してくれた。

「上着をかけ直していらしたので——寒ければ、もう少しそばにお寄りください」

「いえ、……だ、大丈夫です」

そっと夜着越しにあたためようとするように脚をさすられ、ユーリは耳が熱くなるのを感じた。

いつもと全然違う。まるで大切な相手みたいに扱われて、心臓がどきどきした。

夜着の上から手をすべらせていたヴィルトは、膝のところで手をとめ、眉を寄せた。

「少し破れている」

「……すみません」

部屋から抜け出すときに壁に擦れたせいか、確かに破れかけていた。怒られるかとユーリは首を竦めたが、ヴィルトは裾をめくって膝を確認し、短くため息をついた。

「怪我までして――」

「だって」

嫌だったんです、と言いそうになって口を閉ざすと、ヴィルトがユーリの肩に触れた。

「戻りましょう。手当てしないと」

「嫌だ」

反射的に、ユーリは首を振っていた。

「戻るのは嫌です」

言ってしまってから、わがままな子供みたいだと自分でも思ったが、戻ればあの辱めが待っているのだと思うと、身体が小さく震えた。

「本当に嫌なんです。……せめて、今日は」

身を引いて首を振ったユーリに、ヴィルトは困ったようにしばらく黙ったあと、言い直した。

「傷の手当てをするだけです。今日は準備はいたしません。――確かに、連日というのは、お身体に負担だったかもしれませんので」

促《うなが》すように立ち上がり、手を差しのべられて、ユーリは仕方なくその手につかまった。永遠にここにいられるわけではない。もしすぐにヴィルトに見つからなくても、どうせ朝には戻らなければいけなかったのだ。

そう思うと、無力感がこみ上げた。逃げられない。逃げたところで、行く場所もないのだから。

俯いてわずかによろめいたユーリを、ヴィルトがぐっと支えた。

「失礼します」

耳元でそう言われた直後にふわりと脚が浮き、ユーリは咄嗟《とっさ》にヴィルトにしがみついた。背中と、膝裏にヴィルトの手が回されている。女性のような抱き上げられ方をしたのだと気づいて、ユーリはかっと頬を染めた。

「あ、歩けます。下ろして」

「怪我をしていらっしゃいますから」

ユーリの言うことなど聞く気はない、というように、淡々とした声で言ってヴィルトは歩き出す。

屈辱的だ、とユーリは思いながら、じっと身を硬くしていた。

軽くはないはずのユーリを抱き上げているというのに、ヴィルトの歩き方は危なげがない。ユーリの身体に当たる胸も厚く、腕も力強くて、体温はあたたかく沁《し》みてくる。それが心地よい自分が、なにより屈辱的だった。

上着をかけてくれたのも、傷を気遣ってくれるのも、ユーリが道具だからだ。バルグリアへの、いわば貢ぎ物だから。兄の決めた国策の一貫だから。だからこそ、こんな丁寧な扱いなのだ——そうわかっているのに、少しだけ嬉しい自分が悔しい。

理由はどうあれ、他人から労られたことが嬉しくて、同時にその優しさが彼の本心ではないことが寂しかった。

今日は許されても、明日はきっとまた「準備」が再開される。

温室を出てちゃんとドアを通ってユーリの部屋まで帰るのはあっというまだった。ヴィルトは驚いた顔をしている衛兵に部屋のドアを開けさせ、奥のベッドまでユーリを運んで下ろしてくれた。

それから従者を呼んで救急箱を持ってこさせて、ヴィルト自らユーリの膝を消毒してくれる。それを受け入れながら、ユーリはぎこちなく口をひらいた。

「準備が終わるのって、いつなんですか」

「——」

一瞬手をとめたヴィルトが、なにも言わずに手当てを続ける。丁寧に包帯を巻いていく手つきが優しくて、ユーリはいっそう悲しくなった。

「昨日も――あんな、自分でもしたのに。指だって、」

そう言って恥ずかしさに口ごもる。指だってもう、三本も入れられるようになった、とはとても言えなかった。

ヴィルトは顔を上げてユーリを見据える。

「お嫌ですか」

「あたりまえです」

「――そうですか」

一瞬、ヴィルトは複雑な顔をした。それからユーリの右手を取り、そこも消毒液で拭いはじめる。

「ご自分ではもう慣れて、すっかり準備が整ったとお思いなのですね。自分が、充分に男を悦ばせられると」

「……っ」

硬い、貶めるような言葉の選び方に、さっと顔が熱くなる。ベッドのすぐそばには従者もいるというのに――彼にも聞こえてしまったに違いない。ヴィルトは手早く左手も消毒し終えると、冴え冴えとした目でユーリを見下ろした。

「残念ですが、まだまだです。それもわからないようでは、準備が整ったとは言えませんので」

先刻まで覗いていた優しさが嘘のように、ヴィルトは冷たく見えた。立ち上がってベッドのカーテンに手をかけ、ついでのように口をひらく仕草まで、苛立ちが滲《にじ》んでいるように感じられる。

「明後日はアゼール様の継承式ですから、明日も免除しますが、そのあとは出立まで、今日のようなわがままが通るとは思わないでください」

音をたててカーテンが閉められた。

ほどなくしてヴィルトが控えていた従者を連れて出ていくのがわかり、ユーリは一人残されて、のろのろと身を横たえた。

シーツはひどく冷たく、とても眠れる気がしない。寒い温室でヴィルトの上着にくるまれていたときのほうがずっとあたたかかった、と思い、そう思うとよけいに手足が冷たくなる。

やっぱり、わがままで手のかかる人間だと思われていたのだ。

(……わかってたけど、でも)

ヴィルトの優しさがまやかしでも、もう少しだけ浸《ひた》っていたかった。勘違いなんかしないから、弁《わきま》えているから――。

寒いですか、と気遣わしげに訊いてくれた、低い深みのある声を思い出すと、胸の真ん中が苦しくなった。

怪我を労って撫でてくれた手。ユーリを抱き上げてもびくともしない、揺るぎない身体。

ユーリは手当てしてもらった膝を抱いて、胎児《たいじ》のように丸くなった。せめて明後日から「準備」が再開されたら、一日でも早く終わるようにしよう、と思いながら。

初めて見る継承式は、人が多いものの、ユーリの想像よりもずっと質素だった。

長老会の会長がクシュールから王冠を受け取り、それをアゼールの頭に載せると、居並ぶ大勢が膝をつき、粛然《しゅくぜん》とこうべを垂《た》れて新王への敬意を表する。アゼールが、歴史ある国として独自性を重んじ、主体性のある国へといっそうの成長を告げていく旨《むね》の短い演説をして、それで式は終わりだった。かわりに、その後の祝賀会は賑やかだった。国独自の文化を尊重し守っていくというアゼールの意向を反映してか、タープと呼ばれる高座がたくさん用意された広間で、羊肉がメインの伝統料理が並んだ。たっぷりと用意された蒸留酒《ヴォツカ》、パン、駱駝《らくだ》の乳から作られるチャル、緑茶、チーズ、果物。

端の目立たない場所に置かれたタープで、目立たない程度に料理を取り分けて食べていたユーリは、連れ立った数人が上がってきて座るのを避けて、そっと隅に寄った。完全な正装のために頭から垂らしたクーフィヤが横顔を隠しているせいか、あるいは昔からひっそり過ごすことが身についているせいか、彼らはとくにユーリには気を払わず、女官が並べた料理を食べはじめる。

「あの就任案には驚いたよ。若い王はやはり威勢がいいな。欧米の技術は学ぶべきものがあるとして、やつらに頭を下げる必要はない。クシュール様はいきすぎていた」

すでに酔っているのか、はばかることもなく大きな声で一人がそう言うと、別の一人が「イギリス女に骨抜きだったからな」と笑った。どっと笑い声が湧き、ユーリは場を去るのを諦めてただ身を縮めた。

こちらに注意を払うそぶりもなく、別の誰かが「だが」と言った。

「クシュール様のおかげで病院や、ヨーロッパからの観光客も増えた。一般市民には人気があったから、アゼール様はお若い分大変だろう」

「大変になった分、我々の発言力が上がるだけさ」

憂《うれ》えるような口調はすぐに強気な声に遮られ、「政治に関しても兄弟国をみならって、王よりも長老会を重んじる仕組みにすべきなんだ」と続くと、一瞬、あたりをはばかるように座が静かになった。

クルメキシアは、王を頂点にはしているが、国政を担うのは長老と呼ばれる国内の複数民族のトップたちで、政策や日頃の行いについては王に対しても厳しい意見が出ることも多い。とはいえ、さすがに言いすぎたと思ったのだろう。

あたりは流れている音楽と大勢の歓談する声で賑《にぎ》わしく、アゼールや王族のいる上座は遠い。それを確認して安心したのか、再び空気が緩んだ。

「なんにしても、貧乏だけはごめんだ」

「そこも心配です」

終わりにしようとするように誰かが呟いたのに、さきほど心配そうに言った男がまた蒸し返す。

「クシュール様の代まで、山岳の民《カシエル》には自治権があったのが、あの就任案では……。ヴィルトがいるというのにあの調子だと、」

「まあ、飲みなさい」

尊大な声が打ち切るように強い口調で言った。酒の席でも口に出すべきではない、と言わんばかりの強引さだった。

それを皮切りに、誰かが自分の孫息子の自慢をはじめ、他愛ない雑談に流れていく。ヴィルトの名前が出たのが気になったが、長居すれば気づかれてしまうかもしれないから、ユーリは場の一体感のなくなったその隙にタープを降りた。

タープ以外でも立ったまま談笑している人々や、料理や空いた皿を持って行き来する使用人たちで、フロアは混雑していた。

ぶつからないように注意深く歩きながら上座を覗き見ると、人々のあいまから、タープに座ったアゼールと、彼の斜め後ろに立ったまま控えているヴィルトが見えた。アゼールの両側にはユーリよりも若い一番末の弟と、アゼールと同じ第一夫人の息子である七番目の兄が座っていて、アゼールは誇らしげだった。

そのアゼールが手を動かしてヴィルトを呼び、応じてヴィルトが身をかがめて顔を近づけるのに、ユーリはつい見入ってしまう。

仲は良さそうだ。さっきの男が言った意味が、よくわからない。カシェルというのは山岳地帯の部族の総称だが、ヴィルトがカシェルの出身だったとして、問題があるとは思えなかった。山岳地帯と砂漠地帯との民族間で諍《いさか》いがあったのはずっと昔のことだったはずだ。少なくとも、父が王だったあいだは平和だった。

今さらながら、自分がクルメキシアの今の情勢をなにも知らないのだと気づいて、ユーリは眉を寄せた。部屋にはパソコンはおろか新聞も届けられないけれど、頼めばもらえるだろうか。

明日訊いてみよう、と思いながら宴《うたげ》を抜け出そうとしたところで、運悪く、連れ立っていた兄二人と視線があってしまった。第二夫人の長男と次男であるカダールとイシルは、兄弟の中でも一番ユーリにきつい。

「なんだ、来てたのか」

にやつきながらカダールに顔を覗き込まれ、ユーリは視線を逸らしたくなるのを堪えた。

「……アゼール様のお祝いですから」

「アゼール様も喜んだだろう。バルグリアのエロだぬきにぴったりな贈り物になるからな。やっとおまえが役に立つ機会が来たじゃないか、『淫売』」

笑われ、ぐっと唇を噛む。笑いながらお互いをこづきあう兄たちは、手にした酒に口をつけながら、ユーリをじろじろと見下ろしてくる。

「おまえは見た目が貧相だからな、少しでも気に入られるよう、宝石も用意してもらえるんだろ？まだ身につけてないのか？」

「――」

「見えないところにつけてるんでしょう。どこか、いやらしいところに」

イシルがそう言うと、二人は声を揃えて嘲笑した。楽しくて仕方ないように笑い、指先でユーリのトウブを、汚いもののようにつまむ。

「こんな男物の服じゃなく、嫁入り衣装でも着ていくといい」

おまえには似合いだ、と言い捨てたときだけ、激しい憎悪がこもっていて、ユーリはただ頭を下げた。だが、その態度が癪《しゃく》に障《さわ》ったらしく、カダールが声を荒らげた。

「おい、なんとか言えないのか！」

「カダール様、イシル様」

怒声を遮るようにして、低く冷静な声が割り込んだ。はっとしてユーリが顔を上げると、横からヴィルトが歩み寄ってくるところだった。ヴィルトはユーリを見ないまま、斜め後ろからユーリの肩を引き寄せる。

ぐ、と引きつけられた背中がヴィルトの身体に触れて、ユーリは咄嗟に唇を噛んだ。それでも、さあっと頬が熱くなる。そんなはずはない、とわかっているのに、まるで――まるで助けられたみたいで、どうしていいかわからなかった。

ユーリの肩から手を離さないまま、ヴィルトは淡々と告げた。

「お二人とも、アゼール様がお呼びです」

「――わかった」

アゼールの名前を出されたら文句を言うわけにもいかないのだろう、ひどく苦々しげにカダールが頷いた。それでも、あからさまな敵意を込めた目で、ヴィルトとユーリを順に見ると、馬鹿にするように鼻を鳴らす。

「そういや、こいつの支度はヴィルトが手伝ってるらしいな。人質と淫売と、似合いだと思わないかイシル」

「まったくです」

頷きあい、こちらに背を向けるのに対して、ユーリは黙って頭を下げた。

「父上も、あんなののどこがいいんだか――一族の恥だ」

吐き捨てるように残された声は刺々しかったが、それよりも、さっきの言葉のほうが気になっていた。淫売、はユーリのことだ。だとしたら、あの「人質」というのは、ヴィルトのことになる。

完全に二人が見えなくなるまで頭を下げてやりすごしたあと、ユーリはヴィルトを見上げた。

「――あの、」

「ユーリ様はそろそろ部屋に戻ってください」

強い口調でヴィルトが言った。

「少し遅くなりますが――うかがいますので」

「……わかりました」

肩から手を離され、顔を背けられると、すっと身体が冷えた。べつに、守ってくれたわけではないのだろう、とは思う。それでも、ユーリは言いかけていた言葉を口にした。

「ありがとうございます」

どんなつもりだったにせよ、長々と兄たちに嫌なことを言われずにすんだのはヴィルトのおかげだ。

けれどヴィルトはなにも言わなかった。予想できたとはいえそっけない態度にユーリは少しがっかりしたが、ヴィルトはかるくユーリの腕を摑むと、広間の出入り口まで付き添ってくれた。

ヴィルトは会話を拒むように視線を一度もあわせないままユーリを廊下に出すと、「ではのちほど」と小さく囁《ささや》いて踵《きびす》を返した。

彼が部屋に来るということは、準備が再開されるということだ。思いいたって恥ずかしさがこみ上げたが、あとでヴィルトに会える、と思うのはそれほど嫌ではなかった。そのときに少しは話ができるだろうか、と考えて、ユーリは小さく苦笑した。

兄たちからの言葉だけの辱めより、もっと直接的なあの行為のほうがましだと感じている自分が不思議だ。

けれど、二日前に少し話ができたせいか、前ほどヴィルトが嫌ではない。

(今日だって、遅くなるって言ってたから、きっと「準備」自体は長くないし——さっき聞いたいろんなことも、ヴィルトに確認できるかもしれない)

そんなことを思いながら、いつもより人の多い廊下を人目を避けるように急ぎ足で抜けた。

部屋に戻り、邪魔な頭布《クーフィヤ》を外すとずいぶんすっきりした。ずるずると長い正装をもう少しましな平服に着替えたあと、いつものように風呂を使って戻り、それから一時間、なにをするでもなく待ってみても、ヴィルトは姿を現さなかった。

宴はまだ続いているのだろう。もしかしたら今夜もなにもせずにすむかもしれない。「準備」をしないですむのは嬉しいはずなのに、寒さをしのごうとベッドにもぐり込むと、ふいにひどく寂しい気がしてきて、ユーリは耳をすませた。

王族の暮らす棟の中でも端にあるユーリの部屋は、宴の行われている広間のある表の中央部から遠すぎて、あの賑やかさは少しも響いてこない。イギリスのアパートメントにも似た、切り離されたような静かさだった。

空調のモーター音だけがかすかに聞こえ、ユーリはそっと寝返りを打った。

明かりを落とした暗闇の中、窓から差し込む外の常夜灯の光だけが青く感じられる。暗い、水の底のような世界に、自分だけがいるようだった。

手足が、頼りない紙でできているように心もとない。存在していないもののように自分が空虚《くうきょ》に思えて、息苦しくなった。

早くヴィルトが来て、どんなやり方でもいいから触れて、なにか言ってほしい。

そう思ってしまってから、ユーリは急いで打ち消した。あんなことをしてほしいと思うなんておかしい。逃げ出すほど嫌悪感があるのに、待ち遠しいはずがない。

だいたいヴィルトにも嫌われ、蔑まれているのだ。その相手を待ちわびるなんて。

(——でも、ヴィルトは僕に触るし、直接けなすようなことは言わない)

兄たちは汚れたもののように、ユーリに触れることさえ嫌がる。三人いるはずの姉の顔を見たことはほとんどなく、口をきいたことは一度もないくらいだ。嘲りと憎悪の混じった目で見られるか、幽霊のように無視されるかなのに比べれば、じっと観察するように見つめられるほうがずっとましに思える。

温室で肩にかけられた上着の温もりと、さきほど抱き寄せられたときの力の強さを思い出し、ユーリはもう一度寝返りを打った。

さわさわとうなじのあたりが熱い。必要にかられただけだろう彼の優しさを思い出すと、きゅっと胸が痛くなった。

あの、あたたかさ。

常につきまとううす寒いような空虚さから、守ってくれるような。

（そういえば――ヴィルトといるときは、ここにいる、って思える）

まっすぐに見られるからか、それとも、他人なら決して触れない場所にまで触れられているからか。

怖いほど気持ちよかったり、惨めだったりするけれど、反面、異世界に紛《まぎ》れ込んだような違和感はない。

ヴィルトと向かいあっているときは、同じ世界で生きていることを教えてくれるように、ユーリの心もちゃんと動く。たいていは恥ずかしさや、惨めさ、怒りという感情だけれど、彼の声や体温は、あんなにもリアルだ。

たとえば、あの手のひらとか――そう考えた途端、ざわりと身体の奥が熱くなった。

鮮明に、ヴィルトの手の温度と肌触りが蘇《よみがえ》ってくる。

同時に、脚のあいだの分身も痛むように熱を帯びてきて、ユーリは慌てて打ち消そうとした。違う、気のせいだ、こんなの。あんなことしたいわけじゃない。

でも。

ユーリはまったく静まらないそこを気にしながら耳をすませた。ドアの外には衛兵がいるはずだが、相変わらず静かで、誰の気配もしない。

(……風呂にも長く入っていたわけじゃないし、宴はまだきっと終わらないはずだ)

駄目だ、と思う気持ちがないわけではなかった。

けれど、ヴィルトが来て、きざしているところを見られたり、いつもより早く達してしまったりしたら、また軽蔑されるかもしれない、と考えると、今自分でしてしまったほうがいい気がした。

(ちょっとだけ……すぐ、すむから)

自分に言い訳をしながらユーリは薄い掛布の下で夜着の裾を持ち上げ、両手をそっとそこに添えた。この前、ぎりぎりまで勃ち上がって泣くように濡れたそこを、ヴィルトに見えるように自分で慰めた。手で覆ってしまわないように、ぬるついた先端には触れず、裏側とくびれを擦るのだ。

「ふ……っ、ん、」

一度手を動かすととめられなかった。むずがゆいそこに強い刺激がほしくて、きつく擦りたてながら、腰の奥に溜まってくるだるさに緩く身体を揺する。

「んんっ……ふ、ぁ、」

閉じたまぶたの裏に、射るようなヴィルトの瞳が浮かんだ。静かに燃えるような――ある意味どこか情熱的な目。

ユーリよりずっと巧みに性器を弄る指は節《ふし》が立って長い。指は乳首も執拗に捏ねて、ユーリの知らなかった快感を暴《あば》いていく。ユーリが感じてしまうと、後ろの孔の入り口をほぐして、中のあの場所を弄ってくる。

「んっ……ん、っぅ」

自分の身体を這《は》うヴィルトの手の動きを思い出すだけで、実際触れてもいないところが熱くなる。胸も、後ろも、火を灯したようで、ユーリは我慢できずに大きく手を動かした。

ぬるぬるになってしまった鈴口を、よくされるように指先で刺激すると、あっけなく快感の波が押し寄せる。

「っ、あ……っ」

小さく短い声をあげ、ぴゅく、ぴゅくと吐き出されるものを手で受けとめた。腰が前後に揺らめいてしまうせいで掛布がずれ、剝き出しになった脚に部屋の空気がひんやりとする。

「……っ、ふ」

さざ波のように余韻《よいん》が襲うのを、ユーリは枕に顔を押しつけてやりすごす。そうして息を整えると、今度は苦く後悔が湧いてきた。

——馬鹿なことをしてしまった。

自分で自分を慰めるなんて……はしたないことを、してしまった。

早く痕跡《こんせき》を消してしまおうと、ユーリはそそくさと起き上がろうとして——その瞬間、腕を強く摑まれた。

「——！」

ざっと血の気が引くのが自分でわかった。ヴィルトは強い力で腕を摑んだまま、震えはじめたユーリをまっすぐに見下ろしてくる。

「なにを、していました？」

今までのどの声よりも、冷ややかに聞こえた。ユーリはぎこちなく声を絞り出す。

「あ、の……宴が、まだ終わらないと、思って」

「思って？　それで待ちきれずにご自分で慰めていたんですか？」

ヴィルトの声は侮蔑というよりむしろ、怒りをはらんでいるように聞こえた。ユーリは顔を伏せた。

「すみません」

「どうして謝るのですか？」

聞き返しながら、ヴィルトが手を離した。ギシ、と軋《きし》ませて彼が膝でベッドに上がってきて、ユーリは押されるようにベッドの中央へ後じさり、首を振った。声は出なかった。

羞恥といたたまれなさで顔が熱いのに、手足は強張ったように冷たい。濡れたままの手のやり場がなくて握りしめると、ヴィルトが今度はその手首を摑んだ。

「手を広げなさい」

臣下とは思えない命令口調にユーリは竦み、けれど拒んでも逆らいきれないのはわかっていたから、目を閉じ、かわりに握った手をひらいた。

「べったりだ。こんなにたくさん出して」

低いヴィルトの声が耳に痛い。ごめんなさい、ともう一度言うより早くぬるりと熱いものが手首に触れ、ユーリは目を見ひらく。

ヴィルトが顔を近づけ、ユーリの手首から手のひらへと、伸ばした舌で舐《な》め上げていた。厚みのある舌が肌に広がった精液を掬《すく》うように下から上へ這って、その熱となめらかな感触に、遅れて背筋がぞくぞくした。

「や……やめ、そんなの」

慌てて手を引こうとしても、ユーリの力で敵うはずもなかった。ヴィルトはなにも言わずに、手首から親指へ、また手首から人差し指へと順に舐め上げ、指のあいだにも舌先を入れてくる。

溜まった粘液を啜《すす》るように音をたてられ、ユーリは震えながら息を漏らした。

「……ふっ、ぁ、」

手から力が抜けていく。手だけでなく、腕からも、身体からも力が抜け、かわりのようにじんわりと奥から熱がこみ上げてくる。すっぽりと指をヴィルトの口に含まれると、ぴくぴくと痙攣してしまうのがとめられなかった。

手を舐められて気持ちがいいなんて変態だ。

待ちきれないみたいに自慰をして、舐められてたまらなく感じているなんて——自分は、自覚していたよりずっと淫らで、いやらしい人間なのだろう。

兄たちから罵られる度に、言いがかりだと考えていたのに、もしかしたら他人からは本性が透けて見えて、恥ずかしい人間だと誰にでもばれているのかもしれない。だからアゼールも、ユーリの身体で外交することを考えたのではないか。

じゅっ、と音をたててヴィルトがねぶっていた人差し指を放す。同時に手首も放されて、ユーリは小刻みに震える腕を胸に引き寄せた。心臓が痛い。

「……ごめんなさい。もう、しませんから」

じっと見下ろしてくるヴィルトの視線から逃れるように俯いて、ごめんなさい、ともう一度繰り返すと、ヴィルトは「では」と言った。

「うつ伏せになりなさい」

嫌だ、とはとても言えなかった。

のろのろとうつ伏せ、命じられるまま頭を下げ、尻だけを高く持ち上げる。肩で体重を支えるようにして両手を臀部《でんぶ》に回し、奥の窄まりがよく見えるように左右にひらくと、そこにとろりと香油が垂らされた。

「……っ、ん、」

たらたらと尻から太腿まで伝う粘り気のある液体の感触がむずがゆくて、身体が揺れる。ヴィルトがたっぷり濡れた指を宛てがいながら、低く笑うのがわかった。

「潤滑油だけでも気持ちがいいんですね。困った方だ」

「――っ、あ、あぁっ……！」

言いざま指が捩じ込まれ、ふいを突かれたユーリは高い声をあげてしまう。一瞬の痛みはすぐに消え、すでに慣れつつある異物感を意識すると、太腿ががくがくと震えた。

「中は、だいぶ上手になりましたよ。締めつけすぎないが、ぴったり吸いついてくる。ほら、ご自分でわかりますか？」

くん、と中で指を遊ばされ、ユーリは腰を揺らした。

「あぁ、……っあ、あっ、……う、あっ、んっ」

声を堪えようとしても、擦られる度に出てしまう。リズミカルに出し入れされればねとついた水音が聞こえ、それがいっそうユーリの身体を熱くする。このあと指を増やされて、きっと気持ちのいい場所を揉まれて、そうされるとどれだけ気持ちいいか、もうわかっているから。

摑んでいた尻たぶが油ですべって、ユーリは手を離すと顔のそばでシーツを握りしめた。勝手なことを、と叱られるかと思ったが、ヴィルトは咎めずに自分でユーリの太腿の付け根あたりを押し上げるように摑み、そうしながら指を増やした。

「ひゃっ……あ、ぁんッ！」

次は二本——そう思っていたのに、三本たばねた指が強引に捩じ込まれ、きゅう、と背中がしなる。

「やあっ、あっ……ふと、い、……や、ぁ」

痛みはないが、奥を穿《うが》つように突き入れられると、ちかちかと目眩がした。ヴィルトの指先に押し広げられる深い場所から、痺れるように熱が広がっていく。たまらなく気持ちよくて、同じくらいもどかしい。

「ひぁ、あっ、あ、あぁっ！」

ずちゅずちゅと抜き差しされるのにあわせて身体が前後に揺れた。

熱で潤《うる》んだ目をひらけば、一度も触られていないのに限界まで張りつめた自分のものが見え、そこから溢れた先走りが糸を引いてしたたる。濃いピンク色をしたそれは、ひどくものほしげで卑猥《ひわい》だった。

今にも達しそうなことを実感すると、どうしようもなくせつなくなった。

これでは、誰にも好かれなくてあたりまえだ。ユーリのように醜《みにく》くてあさましい人間なんか、誰だって愛そうとは思わない。

(ごめんなさい……父上、母様——僕、こんなで、ごめんなさい)

「……っう、く、」

もう達きたい。達って楽になりたい。こんなに気持ちがよくて、こんなに苦しいことはもう終わりにしたい。

「あぁ……っ、ヴィル、ト、……あっ、お、お願い、」

掠《かす》れて上擦ったユーリの声に、つかのま、ヴィルトが手をとめた。半ばまで指をくわえこまされた一番中途半端な状態に、ユーリはもどかしく腰をくねらせる。

「お願い、しま……す、もう、ゆるして」

「——射精したいですか」

奇妙に冷静なヴィルトの声に、ユーリは何度も頷いた。

「したい、……出したい、です、おねが……っあ、ァッ」

言い終える前に張りつめたユーリの分身に指が絡みつき、びくん、と身体が跳ねた。ヴィルトは無言でそこを扱き、同時に音をたてて後ろを攻めはじめる。

「あぁあっ、ア、アッ……っ、は……、ぁッ、ア、——ッ」

ぐしゅ、ぐしゅっ、と前からも後ろからもひどい音がした。渦巻くようにしてせり上がる欲求に逆らわず、ユーリはそのまま達した。

噴《ふ》き出す度に後ろが窄まってきつくヴィルトを締めつけてしまう。死にかけた獣のように痙攣する身体を他人のもののように感じながら最後まで吐精《とせい》してしまうと、ヴィルトがゆっくり指を引き抜いた。

ユーリは力の入らない身体を横たえたまま、ベッドの脇に揃えられた布で手を拭うヴィルトを見つめた。横顔はいつもの無表情に戻っていて、その事務的な様子が胸にこたえた。

横顔を見せたまま、ヴィルトは口をひらく。

「明日にでもバルグリアに出発できそうですね。三日前には嫌だと言って逃げ出したわりには、待ちきれずにご自分で慰めているとは」

静かだが、どこか苦い口調だった。軽蔑されているのだろうと思って、ユーリは小さく笑った。あたりまえだ。自分でも嫌気が差すくらいなのだから。

「寂しかったんです」

笑み混じり、そう呟くとヴィルトが振り返る。ユーリは唇の端を上げて彼を見返した。

「祝賀会で、兄たちと顔をあわせて――あの人たちは、僕に触りもしないのに、あなただけは、僕に触るんだなって思ったら、寂しくて……待ち遠しくなって。だから、自分でしたんです」

言いながら、だんだんおかしくてたまらない気持ちになってくる。

「今まで兄たちにどう言われても、僕は自分が淫らだなんて感じたこともなかったのに、すっごく触ってほしかったんですよ。すごいですよね、今頃気がつくなんて、鈍いにもほどがありますよね。さっきだって、手なんか舐められたくらいで、あんな、」

笑ったら唇が震えて、声が出なくなった。涙が零れそうになり、ユーリは枕に顔を伏せた。

「出ていってください。僕、いやらしかったでしょう？　きっとバルグリアでも、うまくできると思います。明日にでも出発できそうだって、言ってもらえた、から、――」

「申し訳ありません」

さら、と後頭部になにかが触れた。そっと髪を梳《す》かれて、もう一度撫でられてから、ヴィルトの手だとわかってユーリは首を振った。

「触らないで」

これ以上、ヴィルトに触れられたら、駄目になってしまう気がした。寂しいのをセックスで埋めるような、ふしだらな人間にはなりたくない。

ヴィルトは迷うように手をとめ、けれど結局、ユーリの言うとおりに触れるのをやめた。かわりに、声が降ってくる。

「ユーリ様はお綺麗です。高潔で、お優しくて――昔も、今も変わりません」

ひそめた、ほとんど聞き取れないような声だった。

(……昔?)

綺麗だ、と言われたことよりも、その言葉が気になって、ユーリは顔を上げた。振り向くとヴィルトは青い目を痛むように細め、すっとユーリの頬を撫でる。

かすかな温もりはすぐに離れて、じんわりと頬が痺れた。ユーリはまた戸惑《とまど》ってしまう。ヴィルトがわからない。冷たく事務的なくせに、ときどき、こんなふうにひどく優しくされると、彼がなにを考えているのか、どういう人間なのか、ユーリにははかりかねた。

じっとユーリを見つめる目だけはいつものように熱が込められている。静かなのに燃えるような目は、真夏の磨かれた空のようだった。

息も忘れて見返していると、その目がふいと逸らされた。ヴィルトはベッドから降りながら、ポケットから出した瓶《びん》を脇の小テーブルに置いた。

「香油を置いておきます。出発までのあいだ、後ろの孔が柔らかく保てるように、ご自分で毎日慣らしてください。——ユーリ様も、無理に突っ込まれて怪我をしたくはないでしょう」

「……っ」

口調は穏やかだったが、内容はつまり毎日自分で準備をしろ、という意味で、ユーリはぱっと赤くなった。

(なんで……なんで、優しいそぶりのあとでそういうこと言うの)

優しくされた、と感じたあとでは、辱めるような台詞がいっそう悲しい。優しいのは単にヴィルトの性格のせいで、ユーリは結局ただの道具にすぎないと言われた気がした。

「わかりました」

黙っているのも悔しくて、怒りに震える声で応えたユーリは、ヴィルトに背を向けるかたちで寝返りを打った。ぐっと壁を睨みながら、憤《いきどお》りで強張る身体を意識する。さっき、ヴィルトに触れられてとろけそうに緩んでいたことが厭《いと》わしい。

背後で、ヴィルトは「おやすみなさいませ」と挨拶をして、静かに離れていく。かるいノックで外から衛兵がドアを開けて、ヴィルトが部屋の外へ去っていくのを聞きながら、ユーリは自分の肩を抱いた。

(せめて、)

せめて、と思う。

どうせ運命が変えられないなら、せめてヴィルトのことを好きになれたらよかった。こんなふうに誰かを憎いと思う、醜い感情が自分にもあると気づかされる前に——好きだとか、愛しいと思う、優しい心を実感できたらよかった。

もう、遅いけれど。

(大嫌い、じゃ足りないくらい嫌いだ。あの人も——僕自身のことも)

生まれてなんか、こなければよかった。

重いしこりが胸につかえたような気持ちのまま翌朝を迎えたユーリが、部屋に運ばれた朝食を食べているとき、初めて見る男が部屋を訪ねてきた。

立ち上がろうとしたユーリに「そのままでどうぞ」と手で示した男は、じろじろと無遠慮な視線でユーリの髪や顔を眺めながら、小さく咳払いした。

「アゼール様からのご伝言です。バルグリアへの手土産の準備が遅れているので、ユーリ……様も待機するようにと」

「手土産、ですか?」

「ご存じでしょう? 宝石を持たせると、アゼール様はおっしゃっていましたが」

呆れたように言われ、ユーリは曖昧《あいまい》に頷いた。

確かに、そういうことを嫌味っぽく言われはした。でも、本当にユーリが持っていくのかどうか、きちんと聞いたことはない。ヴィルトなら把握していたかもしれない、と思い、ユーリは気づいて男を見上げた。

「ヴィルト様は？　僕の準備のことは、ヴィルト様のほうがご存じだと思います」

「ヴィルトは陛下と一緒ですよ、もちろん」

小馬鹿にするように、男は短く笑った。

「実は鉱山のほうで事故がありましてね。それで宝石の到着も遅れるのですが、その件もあって陛下はご心労が多い。ヴィルトはご機嫌取りで忙しいでしょうよ」

皮肉げな口調から、男がヴィルトのことをよく思っていないのがはっきりわかった。若いのにアゼールの側近だ、というやっかみなのかと思ったが、それにしたって呼び捨てはひどい。

——人質、と呼ばれていたことと、関係しているのだろうか。

ユーリが黙り込むと、男はもう一度わざとらしい咳払いをした。

「なんにせよ、ヴィルトはしばらくあんたの、おっと失礼、ユーリ様の世話はできないっていうんで、出発までの連絡は私が承《うけたまわ》りました。用があれば言ってください」

その役目が彼には不服なんだろうな、と思った。ユーリはなにもないです、と首を振りかけ、思いついて言ってみた。

「あの、パソコンを借りることはできますか？　それと、新聞を——できれば、読みたいんですけど」

「訊いておきます」

あからさまに迷惑そうな顔をしながらも、男は駄目だとは言わなかった。慇懃に頭を下げて男が辞したあと、朝食を食べ終えて、初日から与えられているバルグリアの文化史の本を読んでいると、昼前に新聞だけ届けられた。

イギリスにメールを送りたかったのだが、パソコンは駄目だったらしい。

子供の頃はあまり疑問に思わなかった自分の境遇が、ほとんど軟禁に近いものだと、今のユーリにはわかるが、今さら文句を言う気にはなれなかった。新聞だけでも読んでいいと許可されたのだから、ましなほうだ。

民間の新聞ではなく、長老会で発行している公式新聞だったが、一通りのことは載っていた。さきほど男が言っていた「事故」らしきものはストライキだと書かれていて、ユーリは少し不安になった。

「『カシェルの自治権廃止案に対する抗議か？』って……」

アゼールが新王の座についた際に、今後の方針を打ち出す法案が公表され、それを長老会による投票で可否を決める。案が公表されたばかりで正式に決まったわけではないのに、すでにストライキが起こるということは、それだけ反対されている、ということだ。

クシュール王のときまでうまくいっていた方針を変えて、それに対して反発がある、というのは、よくない事態だと思う。宴の席で聞いた会話をいろいろと思い出すと、アゼールの立場が苦しいものに思えて、胸が痛んだ。

アゼールを好きだとは思えないけれど、国が乱れるのは心が痛い。

決して自分の国だと思えないのに、そんなふうに心配になるのが、我ながら不思議だった。だが、基本的に実直で、縁や絆を大切にするクルメキシアの国民性は嫌いではない。半分が砂漠、三分の一が山という険しい自然環境で、景色は美しいというより無骨《ぶこつ》だけれど——父クシュールも、母も、綺麗な国だと誇らしそうだった。厳しいからこそ、同時に自然は美しいのだと——たくさんの恵みをもたらしてくれるのだと。

もう少し詳しいことが知りたかったが、公式新聞はあまり丁寧な作りではなく、アゼールについても、否定的なことはなに一つ書かれていなかった。

せめて誰かに訊きたかったが、その日はヴィルトはもちろん、朝に来た男も顔を見せなかった。翌日から新聞だけが朝食と一緒に届けられるようになったものの、ヴィルトのかわりの男はユーリの元を訪れず、ユーリはもどかしい思いを抱えたままじりじりと過ごすことになった。

そうして、用意が整ったと告げられたのは、結局半月後のことだった。

出発前に話があるとアゼールに呼び出され、謁見の間まで出向いたユーリは、アゼールの隣にじっと佇《たたず》むヴィルトを見て、胸が痛むのを感じた。

微動だにせず立つヴィルトは兄の臣下の顔をしていて、ユーリを一顧《いっこ》だにしない。突き放されているようで、ユーリはヴィルトから視線を逸らすと、王のために深く頭を下げた。

「兄であり王である俺に挨拶を忘れるくらい、ヴィルトになついたみたいだな」

頭上から、皮肉っぽくアゼールの声が落ちてくる。

「こいつのしてくれた『準備』はどうだった？　気持ちよかったか？」

じり、と腹の底が熱くなった。慣れているはずの嘲りの言葉が、今までよりも深く刺さるようだった。

ユーリはもう、自分を貶める台詞を根も葉もないいいがかりだ、と言いきれないのだ。

きつく唇を噛みしめると、アゼールは不機嫌な声で続けた。

「言っておくが、ヴィルトをたらし込もうとしても無駄だぞ。——これは、俺のものだ。子供の頃からな」

隣に控えるヴィルトをまるでもののように言うアゼールは、どこか苛ついているようにも感じられた。

「そうだろう、ヴィルト」

「はい、陛下」

ささくれ立ったアゼールの声に、静かにヴィルトが応えて、ユーリはそっと顔を上げた。アゼールはもうユーリを見てはおらず、横に控えたヴィルトを睨みつけている。

「じゃあなぜすぐ報告しなかった？　毎晩この淫売を可愛がって、女みたいに泣かせてたくせに」

「準備をするようにと命じられたのはアゼール様です。それに、アゼール様はお忙しいですし、細かい報告はお望みではないだろうと思いまして」

「望むか望まないかは俺が決める！」

強く椅子の肘掛けをアゼールが叩き、その剣幕にユーリはびくりとした。それが見えたのか、アゼールはユーリのほうに視線を向けて、皮肉げに片頬を歪《ゆが》めた。

「おまえもおまえだ。本当に男が好きだとはな。汚らわしい」

「――」

「外まで声が響くくらいだと衛兵が言っていたぞ？　ジダル卿のところに行けるのも嬉しいだろう。せっかくだからジダル卿に使い心地でも聞かせてもらいたいものだ。なあヴィルト。おまえも知りたいだろう。自分が仕込んだやつが、どれくらい役に立つのかを」

ぶる、と身体が震えた。屈辱と羞恥と悲しみが入り交じって、ユーリは強く拳《こぶし》を握りしめて、俯きかけた顔を上げた。

「バルグリアに行ったら、務めはきちんと果たそうと思っています。――そんなふうに、ヴィルト様まで貶める必要はないでしょう」

そう言った途端、音をたててアゼールが立ち上がった。数段高い台座からユーリのほうに下りかけて、自制するように踏みとどまったものの、ユーリを睨み下ろす視線は憎悪で激しく燃えていた。

「誰に……誰に対して口をきいてる！　ヴィルトは俺のものだ、どう扱おうとおまえごときに指図されるいわれはない！」

爛々《らんらん》と光る目は今までにないほど苛烈で、ユーリは視線を逸らすこともできなかった。

「おまえのように強欲で図々しいやつは見たことがない。おまえは、自分がなぜ憎まれているのかわからないし、知ろうともしないんだ」

ユーリを睨み据え、アゼールは怒りに掠れた声で吐き捨てた。

「考えたこともないだろう。ある日いきなり父親が、生涯心から愛した女性は彼女だけだ、と言って異国の女を連れてきて、しきたりも忠告も無視して妻に据えて——俺の母や、カダールたちの母がどんな気持ちになったか。おまえの母に父がおもねって、長年のしきたりや慣習を無視してばかりだから、長老たちだって苦労した。クルメキシアらしい固い絆で結ばれた血族が、おまえとおまえの母親のせいで無惨にも引き裂かれたんだぞ。腹立たしく思わないほうがどうかしてる。……この上、俺のものまで奪う気か」

「アゼール様」

勢いに呑まれて言葉の出ないユーリにかわるように、ヴィルトがそっとアゼールのそばに寄った。すぐ横で跪《ひざまず》き、敬意と恭順《きょうじゅん》を示すように頭を下げる。

「私があなたを裏切らないのはご存じでしょう。どうぞ、お控えくださいませ」

「……裏切らなくても、最近、言うことを聞かないことのほうが多い」

「お諫《いさ》めしたことはあっても、あなたの言うことを聞かなかったことはないつもりです」

「――嘘つけ」

短くアゼールは言ったが、もうその声は静かだった。身体を投げ出すように椅子に座り直し、ユーリを見下ろして彼は呟いた。

「こいつなんか、生まれてこなければよかったんだ」

アゼール様、とヴィルトが咎めるように低く呼んだ。ふん、と拗《す》ねたようにアゼールは顔を背け、ユーリは黙って顔を伏せた。

そうですね、と心の中だけで兄に同意する。

本当にアゼールの言うとおりだ。生まれてこなければ、きっと誰も苦しくなかった。憎まれ、蔑まれ、いるべきではないものとして無視されるために生まれてくるくらいなら、最初から存在しないほうがよかったのだ。

誰にも愛されず、愛することもできない生き物なんか、いるだけ無駄なのだから。

「もう下がれ。出発が遅れているせいでジダル卿からせっつかれてるんだ。イシルの公務がまだ決まらないから、今回は非公式の訪問ということになったが、あっちで俺の面目《めんぼく》を潰すような真似だけは慎め」

投げやりな口調に、ユーリはゆっくり最敬礼した。

「御意《ぎょい》」

言い慣れない言葉が喉を通るのが、まるで他人事のようだった。かわききったようになにも感じなくて、幽霊というより死体になったような気がした。

ただ、少しだけ羨ましいと、かすかに思う。

アゼールとヴィルトが羨ましい。

絶対に裏切らない、と言える相手なんて、いるほうが稀《まれ》だろう。兄がヴィルトを信頼し大事にしているのも、ヴィルトがそれに応えようとしていることも、喧嘩のようなやりとりの端々に滲んでいた。

そんな人がいたら、自分なんて、砂漠の砂ほども価値はないに違いない。

だって、憎まれて当然だとアゼールが言うのだから――そのとおりなんだろう。

生まれてこなければよかった、とユーリ自身も思うくらいだ。

そのままアゼールの前を辞そうとして、ユーリは思い直して顔を上げた。

「行く前に、父上にご挨拶をさせていただきたいのですが」

「駄目だ」

アゼールは素早く、短く言い捨てた。

「容態《ようだい》が思わしくなくて、入院しておられる。面会謝絶だ」

「では……バルグリアについたら、手紙を書きます」

そう言うと、アゼールが複雑な表情をした。苛立ちつつもなにかを迷うような視線が数秒ユーリを撫でて、結局、面倒そうに逸らされる。

「好きにしろ」

同時に退出を促すように手を振られ、今度こそユーリは踵を返した。

部屋に戻ると従者が「荷物は先にバルグリアに送ったそうです」とだけ告げて、ユーリはぽつんと一人残された。

ものの少ない部屋を改めて見回しても、特に感慨は湧かなかった。明日出発して、向こうについたら、すぐにでもあの役割が求められるかもしれないというのに、嫌悪感もなくて、ユーリはちょっとだけ苦笑した。

不思議なほど、心は静かだった。

淡々と時間を過ごして夜を迎え、いつものように湯を使う。身体を洗い清めながら、あれきり一度も触れていない後口《こうこう》を慣らしたほうがいいだろうか、と思ったが、部屋に戻ってヴィルトがくれた香油を使い、自分であそこに指を入れることを考えただけで気持ちが萎えた。

傷ついたって、べつにかまわない。大切な身体だというわけでもない。

今日はさっさと寝てしまおう、と風呂から上がると、いつもより念入りに身体中に香油を塗られたが、慣れてしまった手順はほとんどユーリの心を乱さなかった。

けれど、湯殿を出ると、入り口には普段の従者ではなく、ヴィルトが背筋を伸ばして立っていて、それを見た瞬間、胃のあたりが捩れるように熱くなった。

波立つように悲しみとも怒りともつかない感情がこみ上げて立ち尽くすユーリに、ヴィルトは手を差し出した。

「部屋までお連れします」

迷ったが、逆らう気力はもうなかった。差し出された手におとなしく自分の手を重ねると、ヴィルトはユーリを抱き上げた。

膝裏と背中に当たる腕のたくましさと、肩が触れる胸から伝わる体温に、ユーリは目を閉じた。ヴィルトの顔を見ていたくなかった。

こんなふうに、まがりなりにも大切なものみたいに扱われるのも最後だ。

わっと叫びだしたいような気になって、ユーリは部屋のベッドの上まで運ばれると、わざと微笑んでみせた。

「もしかして、最後の確認ですか？」

「そのとおりです」

ユーリの精いっぱいの皮肉を、ヴィルトはあっさり受け流してベッドに上がってくる。ぐい、と両肩を摑んで押し倒されて、真上から覗き込まれると、喉がつかえたように苦しくなった。

暗がりでも青い色が見て取れるほど、ヴィルトの顔が近い。のしかかる彼の身体はわずかに熱くて、普通の愛しあう恋人同士のような体勢だ、と思うと心臓がとくんと揺れた。

キスできそうなほどの距離に、唇が震える。

ふ、とかすかな息が零れてしまうと、ヴィルトは目を逸らし、かわりに手のひらを夜着の上からすべらせた。

胸のかたちを探るように撫で回され、薄い布越し、ぽつんと主張する乳首を指先が捕らえる。かるく捏ねるようにそこを弄られて、ユーリはぞくぞくと走る震えに身を捩った。

「……っ」

ヴィルトの両手が、自分の胸の上にある。平らな部分を膨らまそうとするように揉まれ、ときおり指先が乳首をかすめるたびに、ぴくんと反応してしまう。あからさまな自分の身体が恥ずかしくて、ユーリは片腕を上げて口元を覆った。

声が聞こえるとアゼールは言った。今さら遅いかもしれなくても、あんな言われ方をしたあとであからさまに声をあげてしまうのははばかられる。

「感じますか？　ユーリ様」

ひそめた声で囁かれ、ユーリは首を横に振った。そんなこと訊かないでほしい、と思うのに、ヴィルトはきゅっと両方の乳首をつまみ上げた。

「――んっ、は、ぁ、や、やだ……っ、ぁ」

「これも、感じませんか？」

強弱をつけて引っぱりながら、すぐ耳元でヴィルトが訊く。あたたかな吐息が耳朶《じだ》に触れ、そのあまいようなくすぐったさに、ユーリはたまらずに腰を浮かせた。

「んんっ……あ、ぁ、んっ」

「ご自分から押しつけたりして――感じているなら、言ってくださらないと」

囁きと一緒に、一瞬だけ、唇が耳に触れた。

びくん、と感電したようにユーリは震える。続けて今度ははっきりと、耳の後ろにあたたかい唇を押しつけられた。

「あっ……あ、ぁ……」

身体がくねる。眼裏がちかちかと赤い光に彩られ、いけない、と思っても唇の狭間《はざま》から声が溢れた。

そっと探るように、ヴィルトの唇が移動する。首筋にかるく吸いつかれて、その感触とかすかな音に目眩がした。

口づけられている。

胸を離れた手が、丁寧な動きでユーリの身体の線をたどっていく。大きなてのひら両方を使われると、ウエストのあたりはすっぽり包まれてしまって、肌の内側が熱くなる。きっと体格の差を思い知らされて恥ずかしいせいだ、と思い込みたいのに、夜着をまくり上げられるとその感触に震えが走って、ユーリは口元を塞《ふさ》ぎ直した。

愛されているわけじゃない。道具として、最後の確認をされているだけ。

首にキスされたのだって、きっと勘違いだ。

自分がいやらしいから、キスされたいとどこかで願っていて、錯覚しただけ。

「んっ、ぅ……っ、ん、」

太腿を、ヴィルトの手が撫で上げる。下着をゆっくり押し下げられ、ひくひくしている下腹部に、宥めるように手のひらを押し当てられて、ユーリは必死に声を呑み込んだ。

(全然、気持ちよく、ない——平気だ、こんなの、全然、)

「もう反応していらっしゃる」

「——っぅ、う、ぁ、」

かるく笑うような声と同時にするりと性器を包み込まれ、大きく身体が跳ねた。ぬるりとヴィルトの手がすべり、いつのまにか濡れていたのだと気づかされ、ユーリは絶望的な気分になった。

どうして感じてしまうんだろう。嫌だと思っているのに、こんな自分は許せないのに。

「ん、く……っぅ、う、っぁ」

くちゅ、くちゅ、とヴィルトが音をさせている。嫌だと言いたくても、言えばはずみであられもない声を出してしまいそうで、ユーリはただ首を振った。

ヴィルトは親指を使って裏側の、くびれのすぐ下をくすぐりながら、またそっと耳元に顔を寄せてきた。

「ここを、弄られるのは嫌ですか？」

「ん……、ん、い、……や」

首を振る。覗き込んだヴィルトを見返すと、彼は安心させるように微笑んだ。

「では、やめておきましょう。――惜しいですが」

そっと手が離され、かわりに腰から尻へと撫でられる。湿った感触にぞくぞくしたが、ユーリはそれよりも、ヴィルトの顔から目が離せないでいた。

笑うと、あの厳しい目の青が急に柔らかく見える。硬質な鋭さが消え、どこかあたたかく明るいように見えて、ふわっ、と身体から力が抜けた。

ヴィルトはじっと見つめたまま、両手でユーリの脚を広げた。膝を曲げさせられ、持ち上げられて、大きく広がった奥の場所を撫でられると、力が抜けたままの身体が勝手にひくついた。

「……あ、」

太腿の付け根がくすぐったいのに、気持ちいい。あたたかい指でもっと触られたくて、知らず、あえかな声が零れていた。

片手でゆるゆるときわどい場所を探りながら、ヴィルトは香油の瓶を取って開けた。たっぷり手のひらに出したそれが脚の付け根から性器にまで塗り広げられる感触を、ユーリはシーツを摑んで耐えた。

「っ……は、……ぁ、ん、……つ、ぅっ」

優しく撫でられる感触に気を取られているうちに、不意に窄まりに指先がもぐり込み、咄嗟に手の甲を嚙む。しばらく慣らしていなかったはずのそこは、あっけなくヴィルトの指を飲み込んで、ぬるついた指を意識するとたまらなく恥ずかしかった。

きっと、貢ぎ物としては充分に仕上がっている、と思われている。笑ってくれたのも、きっとユーリが淫乱だからだ。きっとそう。

こんなに腰をくねらせて、はしたなく感じているなんて、いけないことなのに——くわえこんだ指が、どうしようもなく気持ちいい。

「ぅ……ん、っ、ん、ぁ、……は、」

何度も手の甲を嚙むうちに唇の端から唾液が零れた。みっともない、と思うのに、どんどんヴィルトの指が入ってきて、ユーリはきつく目を閉じた。

悦びたくないのに、身体はあさましく反応している。内壁を抉るように指が動けば収縮するのが自分でわかる。嬌声《きょうせい》が今にも喉から出そうで、身体中が熱くて、さっきみたいに耳に吐息が触れたら、それだけで達してしまいそうだ。

二本に増やされた指が、とろみを増したそこをちゅくちゅくとかき回す。一番感じてしまうポイントは巧みに外されていて、ユーリはもどかしさと苦しさで首を振った。

「嫌ですか？」

聞き取りにくいほど低い声で、ヴィルトが訊く。

「ここを――奥まで触られるのは、気持ちよくはありませんか？」

ああほら、とユーリは思った。ヴィルトは確認しているだけなのだ。アゼールのために、淫らな道具の準備が、ちゃんとできているかを。

ほろっ、と涙が零れて、ユーリは掠れた声を押し出した。

「気持ち、いいです」

ヴィルトの指の付け根が、穴の入り口にぴったり嵌《は》まっている。震えて締めつける自分を意識して、ユーリは呟いた。

「あなたのこと嫌いなのに、――すごく、気持ちいいです」

「……ユーリ様」

「きっと、誰にされても、気持ちいい、と……っぅ、」

唐突に指が引き抜かれ、ユーリは身を竦ませて呻いた。一度も達していない身体が未練たらしくうねって、ユーリは「ほら」と言おうとした。

ほら見て。こんなにあさましいんです。満足でしょう。

けれど、ひらいた口から言葉を発することはできなかった。忙《せわ》しない衣擦《きぬず》れに続けて再び膝を持ち上げられ、ぐいと胸につくほど脚を折り曲げられて、痛みに顔をしかめてしまう。

「なに……っ、っあ、——あ、ぁ！」

ぴたりと宛てがわれた熱い塊《かたまり》がなにかを、意識するまもなかった。

ぬるりと会陰《えいん》をすべったその塊が、かるくつつくようにさっきまで弄られていた孔に触れ、そうして。

「あ——っ……、い、ぁ……っ」

みしり、と、身体中が軋んだ。

弓なりに反り返る身体が強引に引き上げられて、焼けるように熱い硬いものが、ユーリの中に入ってくる。指を三本たばねてもとても足りないほど大きな——ヴィルトのものが、捩じ込まれる。

「や、ぁ……っ、い、痛、……っぅ、」

痙攣する身体は、どこも自由にならなかった。なす術《すべ》もなくヴィルトに捕らえられ、ゆっくりと確実に串刺しにされていく。指では届かない深い場所へと、じりじりと灼熱が移動していき、下腹部から胸までが重たく痺れた。

「あ、ぁ……あ、……っぁ、あ、――」

声さえまともに出ない。狭い中に焦《じ》れたように揺さぶられ、よりいっそう深く穿たれて、ユーリは壊れる、と思った。

壊される。中から切り裂かれて、ばらばらに砕かれてしまう。

「っ……ユーリ、様」

しなったまま動けない背中を抱かれ、どこか遠くから声が聞こえた気がした。痛みに朦朧《もうろう》としながらユーリが小さく震えると、ヴィルトはもう一度「ユーリ様」と呼んだ。

熱く濡れたものが、耳に押し当てられる。ぞくん、と震えが駆け抜けて、ユーリは瞬《しばた》いた。汗で張りついたユーリの髪を、ヴィルトが額からかき上げた。そっと目尻を拭い、額に額をつけるようにして、ヴィルトが囁く。

「すみません。できるだけ痛くないようにと、思っていたんですが」

「……っ、」

「苦しいですか？　ここを弄ったら、少しは楽かと思いますが――」

吐息混じりのヴィルトの声は掠れていた。手のひらがユーリの胸に宛てがわれ、指でくるくると乳暈《にゅううん》をなぞられると、そこがむずむずと気持ちよくて、ユーリは淡く息をついた。

「――よかった。下も、少し緩みましたね」

ほっとしたように言ったヴィルトが、かるく乳首をつまんで捏ねてくる。きゅんとするような快感が意識を支配して、ユーリはまた目を閉じた。

「……あ、ぁ……、んっ、あ、」

深々とヴィルトを受け入れたそこは相変わらず痺れるように熱い。だが、再度探るようにかるく突き上げられると、痛みのかわりに鋭い刺激が背中を駆け上がった。

「ああっ、ア、ッ、っあ、あ……ッ」

わずかに引き抜かれ、より深くを穿つように突かれる。突かれるとぐしゅっ、と音がして、入れられているのだ、という実感がようやく湧いた。

抱かれている。ヴィルトの身体を使って――普通の性行為のように、繋がっている。

まるで、愛されているように。

「っあ、あ、んっ……あ、ぁっ……あ、」

嵐のように激しく心が乱れて、ユーリは夢中でヴィルトの身体に手を回した。

奥深く、ヴィルトの性器の先端がぶつかるところが熱くてとろけそうで、怖かった。いっぱいまで拡張された孔は確かにまだ痛むのに、ヴィルト自身がユーリの中に収められていると思うと、じんじんとした快感がこみ上げてくる。

「はあっ……あ、ぁっ、は、……ぁ、あっ……！」

荒い息と一緒にあがる声はみっともないほど高い。明らかな愉悦《ゆえつ》の滲む声に、ヴィルトが少しずつ動きを大胆にして、それにさえ、身体があまく震えた。

気持ちよくて苦しい。

苦しくてたまらなくて、それが絶望的に悲しい。

（気持ち、いいんだ……僕、抱かれて——こんなに、感じて、）

ヴィルトはきっと義務感だけでしているのに。尊敬して忠誠を誓うアゼール様のために、ユーリを犯しているだけなのに。

知っていてなお、感じる自分が厭わしい。

ああ、とため息のように、一際《ひときわ》高く声が出た。我慢するのも馬鹿らしくて、ユーリはぎゅっとヴィルトにしがみつき、奥底から高まる快感を追いかけた。

「あ、あっん、い、く……いっちゃ、う……っ」

くっ、とヴィルトが息を呑むのがわかった。そうして強く腰を摑まれて、上半身が離され、かわりに結合した部分だけがぴったりと押しつけられた。縋《すが》るものがなくなって、ユーリは枕の端を摑もう

とする。

だが、摑むか摑まないかのところで、ずるりと半ばまで性器が抜け、ぞくんと身体が竦んだ。そのまま終わりになるのかと思ったのに、次の瞬間には、ずん、と再び突き入れられていた。

「——ひ、あぁっ……、あ——ッ」

続けざまに何度も注挿《ちゅうそう》され、高く持ち上がった尻ががくがくと揺れた。ひらいているはずの目の前が真っ赤になり、それがハレーションを起こしたように白くなって、ユーリは知らない感覚に身を捩る。

逃げたい。達したい。怖い。苦しい——。

「……ッ、ア、……アッ——!」

ぞっとするように強い痺れが指先まで走った。高い空中に放り投げられて、落下していくような錯覚に見舞われながら、ユーリは痙攣するようにして達した。

だるい、と感じてまぶたを上げたとき、ユーリは一瞬どこに自分がいるのかわからなかった。鈍い耳鳴りがしていて、まるで長い長い眠りからようやく覚めたような気がした。

「ユーリ様、大丈夫ですか？」

水の膜《まく》を通したようにぼんやりと、声が聞こえた。ユーリって誰のことだろう、と思う。呼んでいるのは誰だろう。心配そうな声だ。

「ユーリ様」

する、と頬にかかる髪を払われ、しっとりとぬるいものが触れた。丁寧に頬を拭われて、お湯で絞ったタオルだ、と気づいて、ユーリは瞬《まばた》きした。

――そうだ。ヴィルトに抱かれたのだ。

思い出した途端に、だるかった身体がいっそう重たくなった。とくに下半身が、半ば感覚を失ったように痺れている。

「気がつかれましたか」

ほっとしたような低い声が聞こえ、ユーリはもう一度瞬きして、自分を覗き込む男を見返した。

ヴィルトは安心させるようにかすかに微笑んでみせ、「失礼します」と告げて、タオルで胸や下腹部を拭ってくれた。転々とこびりついたどろりとしたものが精液だと気づいて、ユーリはようやく恥ずかしさを覚えて身を捩った。

「じ、ぶんで」

自分でやります、と言おうとして、声が掠れて咳《せ》き込んでしまう。

ヴィルトは拭き清めるのを中断し、コップに注いだ水を飲ませてくれた。諦めておとなしく水を飲み、すっかり綺麗に拭き上げられると、ヴィルトは夜着を着るのまで手伝ってくれた。

優しさにまた、きりきりとした痛みを覚える。最後だからだ、と自分に言い聞かせていないと、勘違いしてしまいそうで嫌になる。

ありがとうございます、と呟くと、すぐ立ち去るだろうと思っていたヴィルトがベッドに腰かけた。わずかに覗いていたユーリの肩を隠すように布団《ふとん》を引き上げてくれるヴィルトに戸惑って、ユーリはじっと彼を見つめた。

相変わらずの無表情に見えるが、じっと見つめると、いつもよりどこか苦しそうにも見えた。

「あの——駄目、でしたか？　僕……その、貢ぎ物として」

どうしていいかわからず、ユーリがそう訊くと、ヴィルトは眉根を寄せて首を振った。

「そんなふうに言わないでください。——私が言えた義理ではありませんが」

低い、聞き取りにくい音量だった。

ヴィルトはため息をついて片肘をつき、ユーリの顔に顔を近づけた。まるでキスされるかのようでどきりとしたユーリの身体が強張ったのがわかったのか、彼は少しだけ笑う。

「怯《おび》えさせて申し訳ありません。ただ——外に聞こえないほうがいいと思いますので」

耳のすぐそばで、ひっそりとヴィルトが囁く。外に控えた衛兵を気にしているのだとわかって、さきほど自分があげていた声を思い出し、ユーリはきゅっと服を握りしめた。

「すみません。アゼール様に言われたのに、僕……声、」

「謝る必要はありません。むしろ私のほうこそ──手荒に、なってしまった。痛みませんか？」

ヴィルトは空いた手をユーリの身体の上に置いて、そう訊いてくる。耳までぼんやりと熱くなるのを感じながら、ユーリは黙って首を振った。痺れたようにだるいし、脚の付け根や受け入れた場所は正直痛かったけれど、それを告げる気にはなれなかった。

だって、それどころではない。ヴィルトの手が動いて、優しく肩のあたりを撫でている。耳には行為のあいだと同じように吐息が触れていて、勘違いしてはいけないと弁えているはずなのに、動悸《どうき》が治まらない。

頬と頬がつきそうな距離で、けれど決して触れないまま、ヴィルトが囁いた。

「慰めにはならないかもしれませんが、ジダル卿はすでに老齢です。あまり体調も思わしくないと聞いていますので、おそらく相手を強要されることはないはずです。それでも万が一、行為を迫られたら、きちんと拒めばいい」

ひそめた声は誠実な響きを帯びていて、ユーリはうるさく鳴る心臓の音を意識しながら天蓋《てんがい》を見つめた。手足にぎゅっと力を入れていないと、半ば覆いかぶさったヴィルトの重みと温もりに、縋りたくなってしまう。

どうして、こんなにどきどきするんだろう。

胸が捩れるように痛くて、悲しい感じがする。

「そんなこと言ったら、アゼール様にまた叱られませんか？」

声が震えないよう気をつけてユーリが訊き返すと、ヴィルトはゆっくりユーリの髪に触れた。

「叱られるかもしれません。いつも、ユーリ様のことでばかり怒られるんです」

「いつも？」

「ええ。ずっと昔にも」

穏やかで、吐息混じりの声が優しく耳に触れる。撫でないでほしい。おかしくなるから——そう思うのに、身じろぎさえできずに強張っているユーリにヴィルトも気づいているだろうに、彼は触れるのをやめない。

指で毛先を梳きながら、ヴィルトは「覚えていらっしゃらないと思いますが」と小さく笑った。

「昔、私がここに来たばかりの頃、一度お会いしたことがあります」

「え？」

「正確には、会ったというより、見つかったと言ったほうが正しいですね。その日、私は——どうしても嫌で逃げたくて、塀を乗り越えられそうなところがないか探していました。おかげであちこち怪我をして、痛くて茂みに隠れていたんです。これからどうしようか、見つかったら怒られるだろう、と考えて、動くに動けないでいたら、温室に向かう途中だったユーリ様が気づかれた」

そう言われて、ほんの少しだけ記憶が蘇る。

週に一度、温室で母と会える日、従者に連れられて庭を歩いていたときに、茂みの陰にいた自分より年上の少年と目があった。憎悪をたたえたような鋭い目をした少年で、ユーリは慌てて目を逸らした。もしかしたら自分の知らない兄かもしれない、と思ったのだ。

でも、他の兄たちとは違う青い目をしていた。母と似た色。額から血が出ていたのも気になって――睨まれたけど、ユーリのほうから親切にしたら、少しでも自分を気に入ってもらえないだろうかと考えて、それで。

「僕……もしかして、花を、」

「思い出されましたか？　従者に引き連れられて通り過ぎたユーリ様は、しばらくしたら一人で戻っていらっしゃいました」

ほっと息をついて、ヴィルトは髪を梳く手をとめた。かわりに、ひどく躊躇《ためら》いがちに、ユーリの頭に頬を押しつけてきて、ぞくん、と首まで震えが走る。

「本当は、あなたに見つかった、と思ったとき、すぐにでも茂みを出て、部屋に戻るか、最初の予定どおり脱走を試みるかすべきだとわかってはいたのです。でも――ユーリ様が、まるで天使のようだと思ったら、追いかけてもう一度確かめたくて、困っていました。王宮の中にいるのだから身分の高い子供なのだろうと……そうであれば私には、話をすることもできない相手だとわかっていたのにです。でも、ぐずぐずしていたおかげであなたが戻ってきて、とても緊張した面持《おもも》ちで、花を差し出してくれました」

くぐもって響くヴィルトの声に、ユーリは泣きたくなった。そのあとどうなったかは覚えている。

「僕、おでこの怪我は大丈夫ですか、って訊きましたよね」

「ええ」

「——でも、あの子は、なにも言わないで、花も受け取らずに、ただ僕を睨んでいた、と思うんですけど」

それで、やっぱり好きになってもらえないのだとユーリは悲しくなって、「ごめんなさい」とだけ言って走って温室に戻ったのだった。

「そうですね」

かすかにヴィルトが笑うのが、触れあった場所から伝わってくる。

「ユーリ様も緊張されていたのでしょうが、私も緊張していたんです。なにか言えば誰かに告げ口されるかもしれないと思いましたし、それに——花なんか、こんなに美しい人から差し出されたことがなかったので」

美しくなんてない、と思ったけれど、声は出なかった。恥ずかしさと懐かしさがないまぜになって、ユーリはおずおずと手を動かした。

ヴィルトの背中に手を回してみたかったが、そうして避けられてしまうのが嫌で、結局彼の上着の裾だけを握る。それだけでも、悲しいような、甘酸っぱいような気持ちが、胸から指先まで駆け抜けていく。

「兄だと、思ったんです」

ずっとこうしていたい、と思いながら、ユーリは呟いた。

「あなたのこと——初めて会う兄かもしれないって。だから、少しでも気に入ってもらいたくて……イシル様やカダール様からみたいに嫌われるのが怖くて」

「申し訳ありませんでした」

ヴィルトがやんわりとまた頭を撫でてくれる。

「あとで叱られるのくらい覚悟して、あのときちんとあなたから花をもらって——話をすればよかった」

すみません、と重ねて謝罪され、ユーリは首を振った。

悲しいくらい——涙が出そうなくらい、嬉しかった。

誰かに大切に触れられるのが、痛いほど心地よいものだなんて。

ヴィルト、と呼んで縋りそうになる。もっと触って。一度きりでもいい、抱きしめて、名前を呼んでほしい。

小刻みに震えたユーリに気づいたのか、ヴィルトはそっとユーリの頭を抱き直した。

「あなたが『ごめんなさい』と言って走っていってしまってから、ずいぶん後悔しました。逃げる気持ちもなくなって、部屋に戻って、できればもう一度会いたいと思ってアゼール様にお尋ねして――あなたのことを知りました。アゼール様は当時、もったいないことに、私を気に入ってくださっていたので、それはもうご立腹で。一週間ほど口もきいてもらえないくらいでした」

アゼールのことを語るヴィルトの口調には親しみがこもっていて、そうだよな、と心の片隅でユーリは思う。

こんなふうに抱きしめてくれても、優しい声をかけてくれても、ヴィルトにとって一番大切なのはアゼールなのだ。

それを、悲しいとは思わなかった。ただ、今、こうしてくれているだけで、死んでしまいそうに幸福なのだから。

ユーリのことをいらないものとしてでなく、覚えていてくれただけでもいい。

「アゼール様も、本当は言うほどユーリ様を憎んでいるのではないはずです。子供だったときならいざしらず、今は王になられた、立派な方ですから」

そう言って、ヴィルトは吹っ切ろうとするように身体を起こした。

温もりが離れ、喪失感にユーリはため息をつきそうになる。そうすると、ヴィルトは目を覗き込むようにして、手のひらで頬を包んだ。

「バルグリアについたら、念のためにしばらくは具合の悪いふりをしてください。先ほども言ったように、ジダル卿は老齢ですし、あなたはれっきとしたクルメキシアの王族として赴いているのですから、体調が悪いと言えば、どんなことも無理強いされることはないはずです。永遠にバルグリアにいなければならないわけではありませんから、どうぞ、帰国できる日までご自分を大切になさってください」

「――帰ってこられると、思いますか？」

「もちろんです」

愛しむように、ヴィルトの目が穏やかな色を帯びる。

「私の生まれた村から山を登った先に湖があって、毎年夏にはたくさんの蝶がはるばる山を越えてそこにやってきます。たいていは黒い蝶なのですが、ごく稀に、銀色の羽を持つ蝶が混じっていることがあるのだそうです。あいにく私は見たことがありませんが、ちょうど……ユーリ様の目のように、それは美しい銀色をしていて、その蝶を見た人間は永遠の幸せを得られるという言い伝えがあります」

ヴィルトの指先が目尻に触れて、ユーリはゆっくり瞬きした。まるで夢のようだ、と思う。体温も、眼差しも、声も。

「私はその蝶が渡ってくるのが毎年楽しみでした。あんなに頼りない、脆《もろ》い羽で遠くから旅をしてきて、また戻っていくのです。子供でなんの力もない自分と比べて、彼らはなんと自由で美しくて強いのだろうと――幼心に思って、見飽きることはありませんでした。ユーリ様もきっと、あの幸福の蝶のように、必ず戻ってこられます。きっと、すぐに」

穏やかに言いきられると、そうかもしれない、とユーリも思えた。励ましてもらえることが嬉しくて、自然に微笑むことができた。

「戻ってきたら、その蝶を見にいってみたいです」

「お連れします」

きっぱりと頷いてくれるヴィルトに、とろりと身体があたたまる。

ベッドを軋ませて身体を離したヴィルトは、乱れた上着を正してから、静かに座り直した。

「名残《なごり》惜しくてお時間をいただいてしまいました。もうおやすみください。明日の移動は時間がかかりますから」

「――はい」

頷いたものの、眠れるとは思えなかった。それでも言われたとおりにしようと目を閉じると、ヴィルトが低い笑い声をたてた。

「そんな寂しそうな顔をしないでください。おやすみになるまでここにいます」

言いながら上掛けの中に手が差し込まれ、ヴィルトはユーリの手を探り当てて握ってくれた。飽和《ほうわ》して溶けてしまいそうだ、と思いながら、ユーリは気づかれないようそうっとため息をついた。

眠りにつくまで誰かにいてもらえるなんて初めてだ。夜なんか明けなければいい、と心から思う。眠らずに夜も明けなかったら、ずっと手を繋いでおいてもらえるのに。

ユーリは暗がりの中でできつくまぶたを閉ざした。

熱っぽく感じる身体中のどこもかしこも、苦しいようにあまく痺れている。

吐息の触れた耳。撫でられた髪。綺麗だと言ってもらえた目。

手のひらがすべった脚も、見る度に悲しくなった乳首や性器さえ、今この瞬間には、好きだ、と思える。

ヴィルトが触れてくれた身体だもの、と思って初めて、ユーリは今まで自分自身が嫌いだったことに気づいた。

――そうだ。ずっと嫌いだった。

嫌われる自分が、嫌で嫌で仕方なかった。不要のもののように、いてはいけないもののように扱われて、それに甘んじるしかない自分が、嫌いだったのだ。

（……でも、今は、そんなに嫌いじゃない）

大切にしろと言ってもらえた。少なくともヴィルトにとっては、そう言ってくれるくらいには、ユーリは「人間」なのだ。

生きて、確かにここにいる、同じ人間として、見てもらえている。

バルグリアに行っても、帰りをヴィルトが待っていてくれるなら——ヴィルトの元なら、自分にも少しは居場所がある、ということだ。

ここにいてもいい、と思えるのは、なんて安心できる感覚なんだろう。ユーリはひたひたと自分を満たす、あたたかい気分を噛みしめる。

幸せだ。

生まれてきてから、今夜が一番、幸せだった。


国境を越えても延々と続く砂漠の景色に大差はなかったが、ジダル卿の暮らす地方都市に入ると、並ぶ建物のおもむきはだいぶ異なっていた。

クルメキシアは山から切り出した白っぽい石を建材に使うことが多いが、バルグリアでは建物は赤茶色をしている。四角い赤茶の建物がいくつも並んで、大小さまざまなそれらが立体パズルのように組みあわさってどこまでも続いている光景は、どこか有機的な印象を見るものに与える。

町を行き交うバルグリアの人々はクルメキシア人よりも浅黒い肌をしていて、表情は明るかった。

（もっと似てるのかと思ったけど――違う国なんだ）

黒塗りの公用車の窓から外を眺めながら、ユーリはひそかに目をみはっていた。

女性の服装も違う。それに、クルメキシアより軽装の人が多く、冬になってもまだ日中はあたたかいようだ。クルメキシア人らしき人間も何人もいるが、本国ならそろそろ毛皮の帽子をかぶる頃なのに、シャツにジーンズ、その上に防寒用の袖なしの上着を着ている程度だ。

広場を通れば露天商が果物を積み上げていて、道路は埃《ほこり》っぽいが綺麗に掃き清められている。観光客らしい西欧人も、仕事をしているらしい十代の子供もいる。

面白いな、と思って、そう思う自分がまた面白くて、ユーリは微笑みそうになる口元を引きしめた。

車は市街地を抜け、郊外の閑静な住宅街に入っていた。

中でも一際大きな鉄の門の前につくと、警備員が門を開け、車は敷地の中に進む。短く刈り込まれた常緑の植え込みと西洋彫刻が並ぶあいだを孔雀《くじゃく》がのんびり歩いている庭の奥には、周囲と同じように赤茶色の四角い建物があり、ドアの両脇にはまた警備員が立っていた。ドアに続く階段の下に横付けした車からユーリが降りると、中から男性が一人歩み出てきた。

壮年の男で、上背《うわぜい》も肩幅もある堂々とした風貌《ふうぼう》だった。ユーリを一瞥すると「お待ちしておりました」と片手で中を示して、そのまま踵を返す。

ユーリがついてくるのが当然といわんばかりの態度だ。非公式とはいえ、訪問してきた別の国の人間に対するには不自然な気もしたが、ユーリは自分で経験したことがないから、こんなものなのかもしれない、と思い直した。

ここまで送ってくれたクルメキシアの運転手と付き添いの人間とに目礼して、彼を追いかける。

外が眩しいほど明るかったせいで、建物の中はひどく暗く感じられた。暑さと砂嵐とを避けるために表側に面した窓は小さく、廊下には自然光がほとんど入らないようだった。等間隔で蛍光灯がつけられていて、目が慣れると、床には緑色の絨毯が敷かれているのがわかった。

大股で進む男は奥のドアをノックしてから開け、ユーリを振り返った。

「ジダル卿がお待ちです」

「……はい」

ユーリは緊張して足を踏み入れた。廊下から一転、部屋の中は眩しいほどで、思わず目を眇《すが》めた途端、「おお」と感嘆したような声が聞こえた。

ユーリは忙しなく瞬いて、部屋の奥、声のしたほうに顔を向けた。ヴィクトリア朝風の椅子に座っていたのは老齢の男性で、伸ばした髭《ひげ》にも白いものが混じっている。横幅のある身体は、ゆったりした椅子に座っていてさえ窮屈《きゅうくつ》そうに見えた。

「これはこれは。よく来たね」

満足そうな笑みを浮かべた男は横に控えた年若い従者の手を借りて立ち上がり、歓迎するように両手を広げた。ユーリは躊躇いながら歩み寄り、彼の腕が強く抱きしめるのに身を委《ゆだ》ねた。

「すばらしい、いい香りがするな。外見は母親譲りだとか——麗《うるわ》しい。早く寄越すようにとせっついた甲斐があったよ」

顎を摑むようにされて左右から眺められ、無遠慮な手つきと視線に嫌悪感が湧いた。ユーリは顔をしかめてしまわないよう自分を叱咤しながら口をひらく。

「初めまして、ジダル様。ユーリと申します。この度はクルメキシアとバルグリアの親善のためにお招きいただきまして——」

「堅苦しい挨拶はしなくていいんだよユーリ」

ユーリを遮って、ジダル卿は鷹揚《おうよう》な笑みを浮かべた。親しげにユーリの背中を叩き、宥めるような、ねぎらうような声を出す。

「親善大使という触れ込みだからね、いずれ我が国の誇るダムや、工場なんかに連れていってあげよう。だが、きみの一番の役目は、私の屋敷で、私の求めに応じて、両国の友好な文化交流に尽くすことだ。イギリスに留学していたそうじゃないか。どうかね、この部屋は」

ユーリから離れたジダル卿は、重そうな腹を揺すりながら広い部屋を見回してみせる。つられて視線を巡らせると、内装は外観とはかけ離れた、完全な西欧風になっていた。

壁には印象派の油絵がかけられ、暖炉があり、マントルピースの上には銀細工と陶器の人形が並べられている。床に敷かれているのは複雑な模様が美しいペルシャ絨毯で、テーブルや椅子、ソファはどれもヴィクトリア朝のフォルムだった。

他と違い大きな窓からは中庭らしい緑が見え、カーテンは重厚なゴブラン織だ。部屋の色味は深い赤が基調になっていて、小さな置物一つ取っても豪華で華やかだった。

「とても美しいです」

「気に入ってもらえたようでなによりだ。きみの部屋にもすばらしい家具を用意してある。夕食まではゆっくり休みなさい」

ユーリの賛辞に気をよくしたのか、ジダル卿は何度も頷きながら、ユーリをもう一度、頭から爪先まで眺め下ろした。

「夕食は私の親しくしている人間を呼んである。彼らをもてなす意味も込めて、私が服を用意しておいたから、それを着てきなさい。アクセサリーもつけておいで」

「かしこまりました」

命じることに慣れたジダルの口調に控えめな笑みを返すと、ジダルは満足げに手を鳴らした。それが合図だったようで、ドアが外から開けられる。さきほど玄関からユーリを案内してきた男が手を上げてユーリを呼び、そのまま部屋まで案内した。

こぢんまりとしてはいるが、それでも、クルメキシアで与えられていた部屋の倍以上は物の多い、贅《ぜい》を尽くした内装の部屋に一緒についてきた男は、ユーリに向かっていろいろ説明をしてくれた。

「奥のドアがバスルームです。ヨーロッパ風の造りですが、問題はありませんか？」

「大丈夫です」

「なにかご用の際はその電話をお使いください。外線はここからはかけられませんので、国に連絡を取りたいときなどはおっしゃってください。建物の中は基本的に自由にしていただいてかまいませんが、地下には勝手に下りないでください」

「わかりました」

「建物の外も同様です。外出される場合には必ず許可を」

念を押されたが、ルールはクルメキシアにいるときとさほど変わるわけではない。ユーリが頷くと、男は意外そうに眉を上げた。

「待遇に不満があるかと思ってましたが、そうでもないようですね」

「慣れてますから。――テレビとか、ラジオとか……パソコンを使ったりすることはできますか？」

「我々と一緒のときであればかまいません。常に控えの間か娯楽室には誰かがいますから、お暇なときも電話してください。お相手します」

にっ、と男が笑った。強い陽射しのよく似合いそうな磊落《らいらく》な表情に、ユーリはいくぶんかほっとした。

思った以上に、ひどくなさそうだ。夜にはもしかしたらジダル卿に、なにかいかがわしい要求をされるかもしれないけれど、その心配はほとんどないとヴィルトに言われたのだし、もし要求されても拒めばいいのだ。

さっき話した感じでは、融通のきかない雰囲気でもなかった。ユーリはジダル卿への淫らな贈り物、だなんてただのアゼールの脅しで、実際は本当に、友好な交流のために寄越されただけかもしれない。

「他に質問は？」

「ありませんけど、お名前だけ教えてください」

笑いを収めて訊いた男の顔を見上げると、彼は面食らったような顔をして、それからもう一度笑った。

「ターイルといいます。ほぼ毎日ここにいますから、なんなりと」

クルメキシア人のように胸に手を当てて礼をしてくれる仕草は戯《おど》け混じりだったが、陽気そうな性格に思えて嫌な気はしなかった。彼は部屋を去り際に、壁の扉を示した。

「中に服が揃えてあります。写真を見てからジダル卿が、あなたが来るのを楽しみに選んでいましたよ」

言い残して辞したターイルを見送って、ユーリはクローゼットを開けてみた。国から荷物として送った洋装やクルメキシアの服が左からかけられ、右端には見たことのない衣装が数着下がっていた。手に取ってみると、どれも生地は薄くて柔らかく、夏物のように袖がない。腕が肩から完全に露出してしまうから、よほど気候のいいときでないと外で着るのには向かない気がした。一見女物のように細かな刺繍が裾に施されているが、下に穿《は》くズボンも一応あるから、男物だろう。着たら自分の貧相さが強調されそうだと思ったが、贈り物ならば着ないわけにもいかない。

夕食の時間までに、ユーリはシャワーを浴びてしまうことにして、バスルームのドアを開けた。

案内された食堂も、並べられた食事も、すべて西洋風に整えられていた。グラスも食器も金が使われていて、まるで国の豊かさの違いを見せつけているようだったが、五人列席した、ターイルをはじめとする男たちは皆礼儀正しかった。

ジダル卿の用意した服は、着てみるとやはり華美な仕立てで露出度が高く、宝石まで身につけると、落ち着いた色合いの男性陣の中では浮いて見えた。にもかかわらず、誰もそれについて言及《げんきゅう》せず、公人に対する実に丁寧な態度だった。

ユーリは初めてのことに却《かえ》って緊張したが、食事を終えて部屋を移り、床に置かれた大きなクッシヨンにそれぞれが座るお茶の時間になると、雰囲気もややくだけてきてほっとした。

ユーリにはほとんど経験のないことだが、食後にお茶をみんなで飲むのは、クルメキシアもバルグリアも変わらない文化だ。円を描くようにして腰を下ろす男たちにあわせてユーリも座ろうとすると、ジダル卿が手を上げて呼んだ。

「こちらに来なさい」

ユーリは一瞬迷って、一同を見回した。目があった一人が含むように笑い、さっと首筋が熱くなる。

どういう目的でアゼールにここに送り込まれたのか、この場の全員が承知しているような気分になったが、気のせいだ、とユーリは言い聞かせた。だって、さっきの食事のあいだは至極《しごく》普通だった。

ユーリがイギリスに留学していたときの話をしたり、新しく王になったアゼールに対してお祝いを言われたりと――クルメキシアにいるよりずっとまともな扱いだったのだから。

ジダル卿だって、きっと親しく話がしたいだけだ。

ユーリは意を決してジダルのそばまで行き、かたわらに座ろうとしたが、それをジダルが腕を摑んでとめた。

「座るのはここだよユーリ」

孫を諭《さと》すような口ぶりで、ジダルは自分の膝を二度叩いた。一斉にしのび笑いが背後から聞こえ、ユーリはぐっと唇を嚙んだ。

嬉しくはない。でも、こんな大勢の前で、ジダル卿だって不埒《ふらち》な真似はしないはずだ。

そう言い聞かせても、さすがに自分から腰を下ろすことができないでいると、ジダルはぐっと腕を引いた。

よろけたユーリの腰を引き寄せるようにして自分の膝に座らせ、前に置かれたお茶の入った杯を取り上げる。

「さあ、お茶だよ。飲みなさい」

「――ありがとうございます」

小さくお礼を呟いてユーリは杯を受け取ろうとしたが、ジダルは叱るように舌を鳴らし、手を伸ばして杯を遠ざけてしまう。

「自分がどういう立場でここに来たのかは知っているだろうね？」

後ろから顔を覗き込まれ、生あたたかい息が頬に触れた。咄嗟に顔を背けそうになるのを堪え、ユーリは頷く。

悪寒と緊張とで、身体が硬く強張っている。ぎゅっと両拳を握りしめると、「わかっているのならいい」とジダルは言い、ユーリの口元に杯を押しつけた。

「飲みなさい」

唇に宛てがわれた杯が傾いて、口を開くとぬるいお茶が入ってきた。濃く抽出《ちゅうしゅつ》したお茶に砂糖が入った苦甘いそれは、飲み込むと舌に刺すような刺激が残り、アルコールのような香りがかすかにした。

「さあ、もう一口」

一口飲んだら二口目を躊躇うような味だったが、ジダルは杯をユーリの唇から離そうとはしなかった。

ぐっと押しつけて傾けられ、片手で上向くように頭を支えられてお茶を注ぎ込まれ、ユーリは目を閉じて飲み込んだ。飲んでも飲んでも休みなく注ぎ込まれて、杯いっぱいに入っていたお茶をどうにか飲み終えると、噎《む》せて咳き込んでしまう。

つ、と唇の端からお茶が零れる。ユーリが手を上げて拭うより早く、ジダルの太い親指が、なぞり取るようにして雫《しずく》を拭った。ついでのように唇も撫でられて、びく、と身体が竦む。

「……っ」

また、しのびやかな笑いが響く。今度ははっきりと陰靡《いんび》な響きがこもっていて、ユーリは視線を巡らせようとした。

途端、ぐらりと目眩がする。

「――あ、ぅ、」

バランスを失って身体が傾《かし》ぎ、ジダルに強く抱き寄せられた。ああ、いけない、と思いながら、ユーリは続く目眩を堪えて口をひらいた。

「すみません……疲れていて、具合が、あまりよくなくて」

具合が悪いふりをして拒めばいい、とヴィルトが教えてくれた。事実今、目眩がするのだから、口実としては充分だ、とぼんやりしてきた頭で考えながら、ユーリはジダルの腕から出ようと身じろぐ。

「ついたばかりだからね、仕方ない」

もがくユーリを強引に抱いたまま、ジダルが笑い声をたてた。

「頬が桃色に染まっているね。白い肌が染まって、宝石もいっそう引き立っているし、私の見立てた服もよく似合う。薄くて柔らかいから、細いのがよくわかっていい」

ぶつぶつと呟くような声と一緒に、手のひらが首筋に宛てがわれ、首にかけたサファイアのネックレスをたどるようにして、大きく開いた胸のあたりまですべり下りた。ひらいたそこから直《じか》に肌に触られると、じっとりした熱が伝わって、ぞくり、と腰まで震えが走る。

「可愛い乳首はどこかな？　ああ、見つけた」

「いっ……あ！」

うっとりとジダルが囁き、きつくつまみ上げられて、ユーリは大きく仰け反った。びぃん、と痺れるようで、目眩がいっそうひどくなる。

くらくらする目を何度も瞬いて、ユーリはジダルの腕を掴みながら、座っている男たちのほうを見た。

五人全員、ユーリを見ている。にやついた笑みを浮かべる者、ねばつくような視線をじっと注いでいる者、無表情な者。みんな見ている。なのに、ジダルはなおも胸の尖りを弄《もてあそ》んでくる。

「ジダル様っ……ぅ、嫌、やめ、て」

愛撫《あいぶ》というより抓《つね》るような強さでそこを弄られ、ユーリはその手を離させるために掴もうとした。だが、うまく力が入らない。頼りない指がかりかりとジダルの腕をひっかくだけで、ジダルは喉を鳴らして笑った。

「そのうち、痛いのも気持ちよくなる。安心しなさい」

言葉と一緒にぬるりと舌が耳に入り、びくびくっ、と身体が跳ねた。

「や、ぁ……！　耳、は、やめ、」

ぬめぬめした感触が気持ち悪い。せっかくヴィルトがキスしてくれた場所なのに、汚されていくようでたまらなくぞっとした。

「そこ、そこだけは……っ、やめて……っ」

「可愛いね。耳が、好きなのだね」

逃げられないままもがくユーリの耳の穴をたっぷり舐めたジダルは、ねっとり糸を引かせながら顔を離す。耳がべたべたする。

ヴィルトが、キスしてくれた場所。

呆然《ぼうぜん》とするユーリの服を、ジダルはおもむろにたくし上げた。乳首が見えるまでまくり、裾を肩にかけるようにして身体を露出させてから、焦らすようにゆっくりと下に穿いたズボンの腰紐をほどいた。

ゆったりした作りのそれが足下に落とされ、下着もまたもったいつけた手つきで膝までずり下げられて、ユーリはつらくなって目を閉じた。

「おお……すばらしい。私のために手入れをしてきてくれたのだね」

興奮を無理に抑《おさ》えたような呼吸と声がして、大きく太腿がひらかされる。かさついた手が内股を撫で回し、股間に触れた。

「――っ、ぁっ」

覚悟していて、声は出すまい、と思っていたのに、やわやわと揉まれると、波紋のようにそこから熱が広がるのがわかった。ぴくりと頭をもたげてしまうのが屈辱的で、ユーリは腰をひねった。

「いや……、あ……」

「とても可愛らしい色だ。私に触られてもう気持ちよくなってしまっているね。腰を振ったりして、素直な身体だ……薬のせいだけとは思えないね」

「ひぅっ……」

指先でつまむようにして幹をなぞりながら、ジダルはユーリの首筋をべろりと舐めた。びくん、と大げさなくらい身体が波打って、ユーリはまた襲ってくる目眩に喘《あえ》いだ。

不安定に揺らぐユーリの身体を撫で回し、ジダルは噛んで含めるように優しい声を出す。

「きっと緊張しているだろうと思ったからね……身体がリラックスして、とても気持ちよくなる薬をお茶に混ぜておいた。遠慮せずに、たっぷり気持ちよくなりなさい」

「ふっ……ぅ、……あ、」

ただ撫でられているだけなのに、何度も感電したようにひくついてしまう。下腹部が濡れたように重くて、うまく動かない身体がもどかしい。

「ユーリを見ていると、私の機能まで回復しそうだ――だがまずは、皆の相手だ」

じゅっ、と音をたてて再び耳をしゃぶられ、震えてしまったユーリの手を誰かが引いた。強引に立ち上がらされ、よろけたところを抱きとめられて、ユーリは瞬きして相手を見極めようとした。

だが、眩しいようにも暗いようにも感じる視界の中で、男の顔は判然としなかった。口元だけがにやりと笑っているのがわかり、なぜ、とぼんやり思う。

ぐったりした身体はいいように運ばれ、床に膝をつかされた。ぺたん、と座り込んでしまうと、後ろから伸びた手がまくり上げられていた上衣を取り去って、別の手が下着を取り去って膝を摑んだ。

首につけた宝石以外、一糸纏わぬ姿になったユーリを、誰かが、後ろから拘束する。両膝が左右に大きく割られ、内腿がひきつれたように痛んだ。

「あ、ぁ……」

「ほんとにガキみたいだ。色も淡い」

「乳首は膨れてるな」

笑い混じりの声が、反響するようにぼやけて聞こえた。湿った手のひらが腹を這う感触だけがひどくリアルに感じられて、ユーリは弱々しくもがいた。

「やめて……具合、が、わる、」

「すぐよくなる」

言いざま、ぎゅっとペニスが握り込まれた。

「あぁっ、や……、あぅ、んっ……」

素早い手つきで擦りたてられ、そこだけ捕らえられていない腰が突き上がるのを、自分ではどうしようもなかった。じくじくするような痛みに似た快感がそこから噴き出し、あっというまに大きく勃ち上がっていく。

「やめっ……い、あぁっ、あ、……っ」

別の手がきゅっと両方の乳首をつまんだ。くにくにと突起を意識させるように乳暈からつままれて、たまらなくじんじんした。

喉が干上がったように苦しい。息を吸っても吸っても足りない気がして、熱くて、ユーリは何度も唇を舐めた。逃げたい。

複数の男に——いいように弄ばれるなんて、とても受け入れることはできない。

せっかくヴィルトが、大切にしろと言ってくれたのに。

「ふ、ぅ、っく、……あ、……っ」

ああ、なのに。

くちゅくちゅと、擦られるペニスから音がしている。もう先走りを零してしまったのだ。腰の下のほうがむずむずするようで、重たくて、根元も硬く膨らんでいる。ヴィルトにもいっぱい弄られた乳首はごまかしようがないほど気持ちよくて、今にも射精しそうになっている。

今日初めて顔をあわせた知らない男に——大勢に見られながら、感じてしまっている。

「やぁ……、はっ、あ、や、……い、や」

「嫌がるところも初々《ういうい》しい」

「こんなにどろどろにしてるくせにな」

「いっ……つ、」

ぐりっ、と先端をくじられ、痛いほどの刺激に身が竦む。続けて後ろから抱きかかえていた男が離れると、今度は乱暴に背中を押された。

つんのめるようにして両手をつくと、尻の肉を摑まれて引っぱられる。窄まりが天井を向くほど突き出させられて、ユーリは前に這って逃げようとした。

でも、悲しいほど力が入らない。こんなに明確に触られる感触があるのに、自由だけがきかない。

「——っ、ぅ、くっ」

無理に力を入れようとするとがくがくと震えが走った。また笑い声が降ってくる。

「そんなに慌てなくても、すぐ入れてやるよ」

「ジダル様にたくさん可愛い声を聞かせて差し上げるんだぞ?」

「い、……っあ、あ、アッ……!」

どろりと尻が濡らされ、馴染ませることもなく、なにかが孔に突っ込まれて、悲鳴のような声が出た。

ぬぷっ、ぬぷっと抜き差しされるのは二本の指だった。根元まで入れてぐるりと回され、粘膜が捩じれるような異物感がこみ上げる。

「うっ……あ、はっ……あ、」

「ここの色もいいな。肌が白いから、サーモンピンクがよけいいやらしい」

孔を弄る男は満足げに言いながら、尻を大きく撫で回した。飲み込んだ場所をさらに広げるように、二人がかりで尻肉を左右に引っぱられ、「ひくひくしてるぞ」と笑われた。

「ん、あ……っ、あ、っ」

屈辱と羞恥に、力の入らない手を握りしめたとき、ずるりと指を抜かれた。かわりに熱っぽい弾力のあるものが宛てがわれ、ユーリは絶望的な気分でぞっとした。

「いや、おねが……っ、いっ……！」

懇願を嘲笑うように一気に、ずぶりと雄が突き立てられた。労りの欠片もなくすべて埋め込まれ、手足が冷たく痺れる。

「きついな。処女だという触れ込みは疑わしいと思っていたが、ほんとに慣れてなさそうだ」

「うぁっ……あ、あ」

ぎちぎちに詰め込まれたまま揺すられて、ユーリはただ呻いた。

「さあ、ジダル卿に顔をお見せしなさい」

力なく顔を伏せたそのユーリの髪を、男が摑んで引き上げた。無理に喉を反らすような格好で顔を正面に向けさせられ、背中が小刻みに震えた。

「おやおや、泣いているね。男女とも経験がないと聞いたが……気持ちよすぎるんだろう。とろけそうに淫らな顔だ」

座ったまま見物していたジダルが、ユーリを見て舌舐めずりをした。右手は着衣の上から股間に添えられていて、見た瞬間、ユーリは嫌悪感で吐き気を覚えた。

ねっとりと纏いつくような視線だった。男たちに犯されるユーリを見ながら、彼は興奮しているのだ。

「っ……、っ、」

気持ち悪い。胃が痙攣するように感じて、だがそこを後ろから収められたものが突き上げてくる。ひくっ、と腹が波打ってしまうと、尻が強く揉みしだかれた。

「あうっ、あっ、あっ……！」

「あんまり締めるな。おまえだって長く楽しみたいだろうが」

「三回くらいは達かせてやりなさい。今日は私も久々に楽しいよユーリ。——誰か、口にも入れてやるんだ。あとで私のものが上手にくわえられるように練習だ」

どっと、男たちが笑った。

ジダルの言葉に従って性器を取り出した男が、ユーリの閉じられない唇のあいだに捩じ込んでくる。

「ん、ぐっ……ぅ、んっ」

えぐみのある味とにおいに歪んだ顔に、もう一本怒張《どちょう》したものが突きつけられて、すでにぬめった先端が口の端と頬を擦った。

「んん……ぅ、う、……っ、ん、ぅ」

頭を固定し、ユーリの口を性器に見立てて、男が出入りする。じゅぽっと抜かれるともう一本がすかさず押し込まれ、あっというまに涎《よだれ》が顎を伝った。

「いい顔だ」

見下ろして笑う男の顔はやはりよく識別できなかった。

大きく開けたままの口がだるくて、そのあいだにも休みなく、規則的に穿たれる後孔はもう感覚が失せている気がした。

ただ、擦られている内壁だけが、かきむしりたいほど疼《うず》いていた。下方から突かれるのが足りないようにさえ思える。ヴィルトのはもっと、すごく奥まで届いたのに、と思ってしまうと、全身から力が抜けていく。

眦《まなじり》から涙が零れる。

(ヴィルト――)

この行為を、ヴィルトに知られたら失望されてしまうだろう。

(大切に、しろって……ヴィルトが……言ってくれた、のに)

ヴィルトが優しく髪を撫でてくれたのは、つい昨晩のことなのに。

ぶるっ、と背筋が震える。ユーリを犯している男がたまらないように呻き、腰を強く摑んで律動を速くした。

身体が跳ね上がるほど激しくピストンされ、口の中のものも喉まで圧迫した。

「――っ、んぐっ……ん、んぅ……うっ」

顔に突きつけられた切っ先が、鼻や眉のあたりにまで汁を擦りつける。男たちの好きなようにめちゃくちゃに揺すぶられ、自分が穴の開いただけの筒にでもなったようにユーリは感じた。

ただ突っ込まれるためだけの筒だ。

獣のような声をあげて男が達した。内側に熱く濡れた感触が広がって、同時にやや乱暴にユーリのものも扱かれた。

抗《あらが》えず絶頂に追い上げられ、吐き出すあいだに、ひらいた口にもたっぷり精液が放たれて、ユーリはぼんやり目をひらいたままそれを浴びた。

「こっちに連れてきなさい」

急《せ》かすようなジダルの声が遠く聞こえる。ぐったりした身体を引っ立てられ、引きずるようにジダルの前まで運ばれたユーリの頭を、ジダルは猫のように撫でた。

「飲まずに全部零してしまったねえ。私のものは、全部飲むんだよ」

「……」

いや、と言ったつもりだった。

けれど声は出ず、かすかに開いた唇をこじ開けられ、赤黒い、芯はあるがまだ柔らかいものがくわえこまされる。舌の上に載ったそれが喉のほうまでもぐっていき、鼻にごわごわした陰毛が触れて、ユーリは目を閉じた。

男たちの手が胸や尻を揉みさすっていたが、それで喚起される鈍い快感も、もうどうでもよかった。

一度汚れたら、二度も三度も変わりはしないのだ。


それから一週間、毎晩、同じように犯され、同じように奉仕を強要されて、八日目に目が覚めると、身体が内側から腫《は》れたように感じられて、ユーリは起き上がることさえできなくなった。

起こしにきたターイルが、ユーリの顔色を見てすぐに下がり、二十分ほどで戻ってきたときには、革鞄《かばん》を提《さ》げた老年の小柄な男を連れていた。

「医者だ、安心しろ」

ターイルに言われたからというわけでなく、ユーリは身構える気にもなれずに、医者だという男が目を覗き込んだり喉を見たり、心音を聞いたりするのを黙って受けた。

過労です、とだけ短く診断した医者に、数日薬を飲んでゆっくりするようにと言われても、とりたててほっとすることもできなかった。

言われたとおり、差し出された薬を飲んで、再び横になる。

一言もしゃべらないユーリをターイルは眉をひそめて見つめていたが、結局、「とにかく寝ろ」とだけ言って、使用人になにか指示すると部屋を出ていった。

どこか気遣わしげな声を、なにも知らない頃だったら優しいと思えていただろう。でも、ターイルもあの五人のうちの一人だったのだ。

最初の日以外は、ユーリもだいぶ意識を保てるようになっていて、誰になにをされたのかは把握していた。ターイルは初日以外は加わっていなかったが、それでも、今さら気遣われたくない、とユーリは思う。

寝返りを打つとあっけなく眠気が襲ってきて、ユーリは眠った。起きると水や粥《かゆ》状の食事が運ばれてきて、食べるとまた眠って、そうして二日が過ぎると、急に意識がはっきりした。

真冬の弱い陽射しがひどく眩しく思えて、ユーリはベッドを抜け出して窓を開けた。

かわいてひんやりした空気が、まだ重たい身体に気持ちいい。

久々にちゃんと呼吸できるようで、大きく息を吸って、冷たく爽やかな空気を味わうと、身体の内側も少しは浄化されるようだった。

窓にもたれるようにしてしばらく深呼吸を繰り返すと、気持ちよさよりも寒さのほうが勝ってきて、ユーリはクローゼットからシャツとチノパンを出して身につけた。これもまた久しぶりに、民族衣装以外の服を身につけたせいで、なんだかひどく懐かしい。

すごく遠くまで来た気がする。夏にはまだ、ユーリはただの留学生で、いつもひっそりと漂うようにして生きていただけだったのに——今は、あんな。

鼻の奥に青臭いような男たちのにおいが蘇って、ユーリはぞっとして身体を抱きしめた。

体調が戻ったから、今日の夜からはきっとまた犯される。

一度に複数の男に使われて、いやらしいと笑われながら、彼らが満足するまで欲望を受けとめないとならない。

もうなにも感じないような気がしていたのに、またはじまる、と思うと嫌悪感ばかりがつのって、ユーリはじっと自分の身体を抱きしめたまま唇を嚙んだ。いっそ、二度となにも感じない機械か人形になりたい。

不特定多数の慰みものになるなんて聞いてなかった、と訴えたところで、誰もユーリの言葉になど耳を貸さないだろう。もともと、ジダル卿に、性的な意味で気に入られろと言われて来たのだ。味方はいない。——ヴィルト以外には。

そのヴィルトだって、きっと次に会ったら、ユーリには触れてはくれないだろう。拒むこともできないのかと、内心軽蔑するに違いない。

でも、とユーリは胸を押さえた。

苦しくてもう息もしたくないけれど、ヴィルトは戻ってこられる、と言ってくれた。かつてユーリの差し出した花を受け取ればよかったと、謝ってくれた。一度は、ユーリをユーリとして認めてくれたのだ。

あの彼の言葉を嘘にはしてしまいたくなかった。

あんな行為くらい、とユーリは自分に言い聞かせた。

「あんなことで、国の関係がよくなって、アゼール様も——ヴィルトも喜ぶなら、意味がないわけじゃ、ないんだ」

どうせ永遠には続かないのだ。帰ったら、——帰ったら。

ヴィルトは約束どおり、蝶を見に連れていってくれるだろうか。

ユーリが汚れてしまっていても、おかえりなさい、と言ってくれるだろうか。

言ってくれないかもしれない、と不安がよぎったが、今のユーリには縋るものは他にない。

このままいても仕方ない、とユーリは部屋を出て、遊戯室と呼ばれる部屋に向かった。初日に、そこでならパソコンを使うこともできるとターイルに教えられた場所だ。

そっとノックして開けると、ターイルと、名前のわからない男二人が振り返ってこちらを見ていた。

ターイルがソファーから立ち上がり、ユーリを迎え入れてくれる。

「もう具合はいいんですか？」

「はい。——あの、よければ、父に手紙を書きたいのですが」

切り出すと、ターイルの後ろで男の片方が立ち上がった。

「その前に、三日分相手をしてからにしろよ」

「おい、よせ」

乱暴な口をきく男を、ターイルはたしなめるように睨んだが、彼は頓着《とんちゃく》しなかった。ぐいと顎を摑んで上向かされ、ユーリはじっと見返した。

「お相手すれば、連絡させてくれるんですか」

「お相手すればな」

揶揄する口調で男は笑い、ターイルを横目で見る。

「ユーリ様はかまわないってよ」

「ジダル卿の留守中だぞ。慎め」

「慎んだって褒美《ほうび》が出るわけじゃない。だいたいこいつは、ジダル卿が俺たちのご機嫌取りのためにくれたものだろ？　おまえも少しは羽目を外せよ」

苦々しげに男は吐き捨て、ユーリの手を摑んで引いた。もう一人の男もにやつきながら手を伸ばしてきて、着たばかりの服を脱がされる。

いつものようによつん這いにさせられ、下の穴を弄られながら口にも突っ込まれて、ユーリはぎゅっと目を閉じた。

（大丈夫、嫌じゃない。なにも、嫌じゃない）

言い聞かせながら、できるだけ従順に身体から力を抜く。終われば父に手紙も書ける。永遠に続くわけじゃない、と唱えれば、耐えられるはずだった。

けれど、行為は長かった。途中から半ば意識が朦朧として、気がついたときにはユーリはソファーに寝かされていて、上にはどこからか持って来たらしい掛け布がかけられていた。

「どうせ、今回だって、泣き別れになって戻ってくるだけだろ、ジダル卿は。次の選挙ももう結果が見えたようなもんだ。慌てて俺たちにまで可愛い玩具《おもちゃ》を用意して、票を入れてもらおうって魂胆《こんたん》が見え見えだもんな」

酔ったようなだみ声が離れた場所から聞こえる。部屋はすでに暗く、黄色い明かりが灯されていて、暖炉には火が入っていた。暖炉に近いソファーの上は寒くなく、掛け布の中で身じろぐと、身体もすでに綺麗にされたあとだった。

「文句を言うならさっさと見切りをつけて、どこか新しい派閥《はばつ》にでももぐり込めばいい」

皮肉っぽく応えた声はターイルのもので、こちらはほとんど酔っていないようだった。

「ずいぶん前からわかってただろ。長老たちの中でジダル卿が孤立しつつある、なんてことぐらい、おまえでも知ってたじゃないか」

「でもターイル、おまえもいるし、あの人は身内には優しいからな。あの玩具の使い心地もいい。おまえも使えばいいのに」

「不要だ」

淫靡な気配のする笑い声に、ぴしゃりと言うターイルは苛立たしげだった。黙っていたもう一人が、

「おまえは偉いよターイル」と呟いた。

「恩があるからってずっと仕えてるなんて、バルグリア人の鑑《かがみ》だ。でも、倒れる駱駝にしがみついてたっていいことはないぞ」

忠告めいたその言葉には、ターイルは無言だった。しばらく沈黙が流れ、やがて最初の男が言った。

「まあ、今のうちはせいぜいおこぼれに預からせてもらうさ」

強がりにしか聞こえないな、と思って、ユーリは重いまぶたを閉ざした。どこの国も、こういうところはあまり変わらないのだろう。主のいないところで陰口をたたくようなところは。

ターイルが自分を犯すのにくわわっていないことだけは、少し安堵した。だが、それが慰めになるわけでもない。ジダル卿の失脚も近いなら、自分が貢ぎ物になった意味もない気がしてやりきれなかった。

だからといってユーリにはどうすることもできないのがまた、虚《むな》しい。

（……ヴィルトに……ジダル卿は権力を失いつつある、って伝えたほうが、いいのかな）

もし伝える術があればだけれど、と諦め混じりに思いながら、そっと身体を縮める。

また身体が熱っぽい。無理を強いられたせいで、疲労がぶり返したようだった。

父への手紙は明日にしよう、と考えながら、ユーリはそのまま、抗いがたい眠りに落ちた。


ジダル卿が公務のために、ユーリのいる私邸を離れて首都に行っているのは一週間だ、とターイルが言っていた。

つまり、明日には戻ってくるはずなのだが、そのせいか、今日はいっそう、行為は嗜虐的《しぎゃくてき》だった。

今夜は四人で、ターイルはいなかった。ターイルがいれば行きすぎた行為をとめてくれたり、終わったあとで身体を綺麗にしてくれたりするのだけれど、今日はそれも望めない。

「——っ、う……、」

力を抜こうとしても、どうしても身体が竦む。抱えさせられた膝から太腿がぶるぶると震えて、かがみ込んだ男が舌打ちした。

「ほら、もっと悦んで緩めろよ。入んねえだろうが」

ぴしゃり、と太腿を叩かれ、続けて丸く硬い宝石が、孔に押し込まれた。

「あ、ぁあっ……!」

小粒なダイヤに大きなサファイアをところどころ連《つら》ねたネックレスが、さっきからユーリの身体の中に埋め込まれている。もうサファイアを五つほど入れられただろうか。ダイヤはともかく、大きいサファイアを挿入されるとごりごりした異物感がひどく、ユーリは吐き気を覚えて呻くように喘いだ。

「う、……っ、ん、ぁ、……く、」

つぷ、とまた一粒入れられる。宝石を入れる前に散々中に出された精液が、ひくつくそこからどろりと溢れた。

「零すなよ、もったいないぞ。ほら、もう一個だ」

「や、う、もぅ、……無理、」

腹のずっと奥まで、ぼこぼこしたものが占領している。苦しくて気持ち悪くてユーリは首を振ったが、無慈悲にサファイアが押し込まれてしまった。

「ほら、立ってみろ」

また脚を叩かれ、ユーリは抱えていた片膝をのろのろと離した。石か鉄の塊を飲み込まされたように身体が重い。

立ち上がろうとしてよろめき、前のめりに手をついてしまうと、煙草を吸いながら後ろで見物していた男が口笛を吹いた。

「いいな。ケツから宝石が垂れ下がってる」

　言葉どおり、犬のように這うポーズになったユーリの窄まりから、ネックレスの端がぶら下がって揺れていた。腿に当たる小さくて硬い感触がむずがゆい。

「ほかのもつけてやろうぜ」

「ジダル卿は豪華なのが好きだからな。おまえがこうやって飾ってたら、そりゃあ喜んでくれるぞ」

　口々に言いながら、ユーリの首にぴったりしたチョーカーを、手首にはブレスレットを嵌めていく。最後にまた表に返されて、半ば勃ち上がったままの分身を摑まれて、ユーリは浅く喘ぎながらもがいた。

「いや……も、いや、だ」

　また扱かれて、達かされると思ったのだ。宝石を手にしている男も、横で見物している男も、着衣の上からでもわかるほど昂《たかぶ》っている。

「嫌じゃねえだろ。ここも飾らないとな」

　楽しげに声をひそめ、男は華奢なネックレスをユーリの幹にかけた。細い金の鎖に、色とりどりの宝石がいくつもつけられた華やかなそれが、ぐるぐると巻きつけられて、ユーリはぞくりとして目をみはった。

「やっ……やめて、嫌、……っヅ、う！」

　後じさって逃げようとした途端に巻きついた鎖をきつく締め上げられ、あまりの痛みに視界に火花が散った。

「い、いたっ……いたい、や、取って、」

ほどけないようにするつもりか、締めて余った分も巻きつけようとする男の手を、ユーリは夢中で摑んだ。そこが壊れてしまいそうに痛くて、必死に払いのけようとする。

男が煩わしげに舌打ちし、「おとなしくしてろ」と怒鳴りつけた、ちょうどそのときだった。

ふっ、と部屋中の明かりが消える。

「おい、どうした！」

素早く男が立ち上がり、怒鳴り声をあげた。

「非常灯も消えたぞ。ブレーカーを確認してこい」

ばたばたとした足音が、部屋の内と外とで響いた。続けて派手な音をたててガラスが割られ、冷気とともに数人がなだれ込んでくるのがわかった。

間を置かず、パシュ、パシュ、と小さな発砲音と呻くような声が重なって聞こえ、重いものが倒れる音がした。ユーリは鈍い身体を叱咤して膝を胸に引き寄せながら、手であたりを探った。なにも着ていないのだ。なにがあったにしても、このままでは逃げられない。

「いたぞ」

鋭く短い声がすぐ上から降ってくる。反射的に危機感を覚えて身を返したユーリの頭に、ばさりとなにかがかぶせられ、上からきつく紐が巻きつけられた。

「離せ……っこの、」

手袋で覆われた大きな手に摑まれ、ユーリは相手を蹴ろうともがいたが、ものともせずに担《かつ》ぎ上げられてしまう。せめて叫ぼうと息を吸うと、「よせ」と鋭く囁かれた。クルメキシア語だった。

「ヴィルトに迷惑かけたくないだろう」

ヴィルト、と言われて、一瞬身体から力が抜ける。その隙に男はユーリを抱え直し、窓から外に出たようだった。

冷たい空気が剝き出しの肌を撫でる。いくつかの足音が周囲で入り乱れて、ユーリを担いだ男が走り出した。なにかを投げる音、「急げ」という低い声、硬いアスファルトの上を走る振動。

どうみても誘拐だ、とユーリは思う。

なぜヴィルトの名前を誘拐犯が使うのか気になったが、とても訊ける状況ではない。このまま連れていかれてヴィルトに迷惑がかからなければいいのだが、ここで抵抗したほうがいいのか、しないほうがいいのかも判断しかねた。

なにより、裸のままだ。体内には宝石が入ったままで、性器にも緩んだとはいえ、鎖が巻きついていて、それを思うと逃げる気力が削《そ》がれた。

それに、身体がだるい。この一週間はずっとこの調子だ。大きく崩れはしないものの、腫れぼったたく熟《う》んだようで、ユーリは自分を運ぶ男に身を委ねることにして目を閉じた。どうせ開けていても、かぶせられた布のせいでなにも見えない。

（……すごく、だるい）

どさりと投げ出された先はどうやら車で、男たちが乗り込むやいなや発進する。舗装された道路を過ぎてがたがたいう郊外の道に入ったところまではなんとか意識がもったものの、ユーリはいつのまにか、気を失っていた。

起きろ、とかるく頬を叩かれて目を開けると、まったく知らない、どこかの室内だった。見知らぬ男がユーリを覗き込んでいる。起き上がろうとするとずくりと後口が痛んで、ユーリは顔をしかめた。大きな毛布で身体はくるまれていたが、その下にはまだなにも着ていない。そうして、あの宝石も入ったままだ。

「ほら、お茶だ。飲んで待ってろ」

ユーリを起こした男はアルミのマグカップを差し出してくる。中には熱い緑茶が入っていて、ユーリは躊躇いながら受け取った。白髪《しらが》混じりの総髪《そうはつ》を後ろで括《くく》った男は、頬をわずかだけ歪めた。

「心配しなくても毒は入ってない。あんたは大事な人質だからな」

自分も同じタイプのマグカップでお茶を飲みながら、男は粗末な木の椅子に座った。四角い木のテーブルを囲んで、あと二人、男がいたが、彼らはユーリのほうをほとんど見なかった。

埋め込まれたままの異物はいったん意識してしまうと重苦しかった。また熱が出ているようでひどくだるい。身じろぎ、どうにかして一人になれないかと目を配りながら、ユーリはお茶に口をつけて訊いた。

「僕は人質としてはあまり役に立たないと思います。ジダル卿は、わざわざ取り返したいと思うほど僕のことを気にしてはいないでしょうし」

「ジダルじゃない」

椅子の背に腕を置いて、総髪の男が振り返る。

「アゼールだよ」

「セティ」

テーブルについた年かさの男が唸るように呼んだが、セティと呼ばれた男は肩を竦めただけで取り合わなかった。ユーリは首を振る。

「アゼール様に対しては、もっと意味がないと思います。――ここに来るとき、ヴィルトに迷惑をかけるなと言いましたよね？」

「意味はあるさ」

ユーリの質問も無視して、セティはマグカップを傾ける。

「ジダル卿の屋敷の襲撃には、クルメキシア軍の銃を使ってる。跡を調べればクルメキシア人の仕業《しわざ》だと連中は思うだろうから、バルグリアと揉め事を起こしたくなきゃアゼールだって言うことを聞く」

「——ジダル卿のほうはどうするんですか。それに、屋敷にいた人たち、殺したりしてませんよね？」

「殺しちゃいないさ。ジダルのほうも手は打ってある」

セティはまた頬を歪めた。笑っているらしい、とわかったが、話の内容のほうはあまり理解したくなかった。

たとえ彼の言うとおりだとしても、彼らの要求をアゼールが呑むとは思えない。だって、本当に嫌われているのだから。

「要求は？」

「カシェルの独立」

硬い声で問うたユーリにセティは得意げに答えて、ユーリは唇を噛んだ。そんな馬鹿なことを、という気持ちと同時に、ああ、やはり、とも思う。

ヴィルトの名前が出て、アゼールに対して要求があるというのだから、カシェルの絡むことなのはわかる。

でも、ならばなおさら、ユーリを人質にしたところでなんの意味もないのに。

黙ったユーリを見据えて、セティは続けた。

「自治権の廃止なんて冗談じゃない。だいたい、俺たちとあんたたち——あんたはまたよその血が入ってるから別だがな、砂漠の人間と俺たちは、暮らし方も習慣も違うんだ。一つの国でいようってのが、おかしいだろう？　自治権だけで懐柔《かいじゅう》しようって態度が気に食わなかったのに、今度はそれも取り上げようってんだ。ひどい話じゃないか」

でも、それは誰かを害する口実にはならないとユーリは思う。

思うものの反論はしないユーリに、セティはますます得意げだった。

「ヴィルトのやつは自分がアゼールを説得するとか偉そうな口をきいていたが、結局なんにもできてないからな。カシェルからクルメキシアの王家に差し出された人質みたいなもんなのに、すっかり懐柔されちまって情けないよ。手っ取り早い方法があることを、あいつに教えてやらなきゃならん。年長者としてな」

「ヴィルトがそう言うなら、信じてあげることはできなかったんですか」

あまりに身勝手な論理にユーリはセティを睨んだが、彼は馬鹿にしたように笑った。

「ずいぶんヴィルトに入れ込んでるんだな。どんだけ信じているか知らないが、一つ教えてやるとな、あんたがジダル卿のところに行くって案も、ヴィルトが決めたんだぜ？」

「……っ」

嘘だ、と咄嗟に思った。だがすぐに、その可能性もゼロではないと気づいて、ユーリはマグカップを握りしめた。

毛布の下、守るもののない身体がひどく冷たかった。

「貢ぎ物に使われるくらいだ、さぞかし具合がいいんだろうよ。あんな、大勢の相手をさせられちゃってなあ。ヴィルトも手を出したか？　真面目で融通のきかないやつほど、あんたみたいな淫乱に溺《おぼ》れやすいんだよな」

吐き捨てるような声には軽蔑と苛立ちが混じっていて、乱暴にテーブルにマグカップを置く仕草まで威圧的だった。

「バルグリアでもだいぶお楽しみだったみたいだからな。事がすんだら向こうに送り返してやるよ。それで、誰も損はしない」

名案だろう、と笑い声をたてられて、ユーリは黙ったままじっとしていた。心はまだ、さきほど言われた台詞を受け止めきれないでいる。

ヴィルトが。アゼールじゃなく、ヴィルトが——ユーリを、貢ぎ物にすると決めたのか。

そんなはずない、と否定したかった。けれど、「準備」をずっとしていたのはヴィルトだ。いやらしいことをされそうになったら拒めばいいと言ってはくれたけれど、じゃあなぜ、「準備」

をする必要があったのだろう？　ジダルがユーリを抱かないなら、体毛を処理したり、感じてしまう場所を弄ったり、自慰を見せることを覚えたりする必要なんか、なかったはずなのだ。

（じゃあ……もしかして、最後に優しくしてくれたのも――もしかして）

もし、全部嘘だったら。

そう考えるだけで、目の前が真っ暗になる。

ヴィルトがアゼールのために、ユーリを貢ぎ物に仕立てたのだとしたら、こうやって誘拐されたりしたら、「厄介事を起こした」と思われるだけだ。こんな方法でアゼールやヴィルトが動かせるはずもなく、そうしたらユーリはただジダルのところに戻されて、あの辱めを受けて――きっと、二度と帰れない。

そのとき、テーブルについていた男が一人立ち上がった。外で足音がしたのだ。数秒で部屋のドアが音をたててひらき、ユーリもはっと顔を上げた。

低い戸口をくぐるようにして入ってきたのはヴィルトだった。部屋を見回し、ユーリを見つけると、彼の目がいっそう険しくなったように見えて、ユーリは俯いた。

「早かったじゃないか、ヴィルト」

セティが立ち上がって手を広げる。ヴィルトはそれを無視してユーリの元に歩み寄り、手を伸ばしかけて途中でやめた。

「おいおい、同朋《どうほう》に挨拶もなしか？　そんなにその金髪の坊やが気に入ってんのか」

「坊やじゃない。ユーリ様は王族だぞ」

「妾の子だろ。忌み嫌われて、外国に慰みものに出されるような」

憎しみのこもったセティの声に、ヴィルトは眉根を寄せて拳を握りしめた。怒りを耐えるように息を吐き、セティに背を向けたまま言い放つ。

「悪いが少し外してくれ。ユーリ様と話がしたい。具合も悪そうだ」

「外すのは無理だ。それから、一応言っとくと、そいつには指一本触ってないからな。触るほうが、おまえが怒るだろうと思ったから、いろいろ、そのままだ」

セティが挑発するように笑って言った台詞が、嵌められた宝石のことを差しているとわかって、ユーリは羞恥で唇を嚙んだ。

「そんなことより、アゼールの返事はどうだった？」

セティがヴィルトの肩に手をかける。それを振り払って、ヴィルトは右手をポケットに入れながら呟いた。かちん、と小さな音がする。

「アゼール様には報告した」

「それで？」

いぶかしげにセティが問い返した途端、かっ、と部屋全体が白く染め上げられた。

窓から強い人工の光が差し込み、同時に壁そのものが壊される。地震のように家が揺れ、怒号と破壊音が入り交じった。

ユーリはヴィルトに強く抱き寄せられながら、「畜生！」とセティが喚《わめ》くのを聞いた。叩くような音と蹴り上げるような音、割れた窓の外からは拡声器を通した声が「警察だ」と叫びたてている。

「裏切ったな！」

「裏切ったわけじゃない。早計な真似はするなと忠告したのに、勝手なことをしたのはそっちだろう」

武装した警官に床に組み伏せられながら叫ぶセティに、ヴィルトは淡々と返して、肩の上にユーリを担ぎ上げる。騒音を避けるように外に出たヴィルトは、一台の車の中にユーリを下ろすと、事務的な声で訊いた。

「お怪我はありませんかユーリ様」

冷たくも聞こえる静かな口調に、先刻の衝撃が蘇る。

向けてくれた優しさが、ただユーリを道具として使うための口先だけのものだったら。

彼の、本当の気持ちではなかったら。

ヴィルトが誠実なのはわかっている。けれど、彼にとって一番大切なのはアゼールで、それはヴィルトも隠そうとしていない、誰の目にも明らかなことだ。

それに、血をわけた兄弟にも疎まれているのに――どうして、信じられるだろう？　他国の人間にまで、「慰みものに出されるような厄介者」だと思われているというのに。

（ヴィルトが本当に僕を大切にしてくれるのより、本当は僕のことはどうでもいいんだ、ってほうが、ありうるじゃないか）

「ユーリ様？」

答えないユーリを呼んだヴィルトに、ユーリは首を振った。

「怪我は、していません。――できれば、一人にしてください」

誰もいないところで、忌まわしい宝石を取ってしまいたかった。けれど、ヴィルトはその言葉をどう取ったのか、眉間に皺《しわ》を寄せて視線を逸らした。

「……王宮まで、私が運転して戻ります。誰も同乗はしません」

「そうじゃなくて――十分でいいんです。外で、その、待っていてもらえませんか。すみません」

謝罪するときだけ、喉がひきつれて声が掠れた。できるなら別のことも謝りたかった。バルグリアで抵抗もできず大勢に抱かれたこと。迷惑をかけるかもしれないと思いながら、セティたちにも抗わなかったこと。

すみません、と言い直すと、ヴィルトはいっそう顔をしかめてユーリを再び見据えた。

「――失礼します」

「いやっ……！」

拒んで逃げようとしても、狭い車内では限界がある。あっけなく捕らえられ毛布をはだけられて、ユーリは顔を背けて肩で息をついた。

全裸に、宝石だけを飾りつけられた姿が露になる。

恥ずかしい。恥ずかしくて、悲しくて、でもこの姿こそが、ヴィルトの望んだものなのだ。

「ジダル卿を支持する人たちの相手をしてたんです。じ、自分で言うのもなんだけど、けっこう、気に入ってもらってたと、」

「ユーリ様。今取ります」

遮って、ヴィルトは首輪のようにぴったりしたチョーカーを外した。続けて膝を掴まれると知らない男にそうされたときのようにぞっと寒気が走って、それでもユーリは声を呑み込んだ。

性器には、緩んではいたがまだ鎖が巻きついたままで、ヴィルトがユーリ自身に触れないように、注意深くほどいた。それからわずかな逡巡《しゅんじゅん》のあと、「失礼します」と座席に横たえられ、ユーリは顔を覆った。

たとえもう軽蔑されていたとしても、そこを見られるのは屈辱的だった。

「自分で、取ります」

「そういうわけにはいきません」

きっぱりとヴィルトは言って、やんわりと股間に手を宛てがい、静かにネックレスを引っぱった。

「……っう、う、」

ずるりと抜ける感触がつらい。大きな石が引っぱられて抜けると、小さくいやらしい音がたつのが、粗相《そそう》をしてしまったような感覚とないまぜになってユーリを苦しめる。

抜かれる度、びくんとひきつる腹も、石と一緒にとろとろと他人の体液が零れるのも、余すところなく見られているのだ。

(知ってた、もの。もともと、アゼール様のために、こういうことするって、知ってたもの)

繰り返し自分にそう言い聞かせていないと、「どうして」とヴィルトを詰《なじ》ってしまいそうだった。

ユーリの身体を役立てたいだけなら、優しくなんかしてくれなくてよかった。アゼール様のために働けと言ってくれれば、拒んだりせず、おとなしく受け入れて、変な期待だってしなかった。

ジダルに耳を舐められても、あんなに悲しくなることも、絶望することもなかった。

「——、……っ」

ぽん、と最後の小さなダイヤが抜けて、ユーリは顔を覆ったままあがりそうな声を噛み殺した。けれど、かわりに言わずにはいられなかった。

「ジダル様のところに、僕を行かせると言い出したのは、あなただって聞きました」

訊かずにはいられなかった。アゼールに言われたから、ヴィルトは望んでいないけれど、仕方なくだったと——もしかしたら、ヴィルトはユーリにこんなことをさせたくなくて、だから少しだけでも優しくしてくれたのだと、思いたい。

「――そうです」

だが、ヴィルトは低く肯定した。

「言い訳はしません」

言われて、ああやっぱり、と納得する反面、ユーリは真っ暗な気持ちになった。わかっていたはずの、あたりまえのことが、不思議なほど悲しい。大切にしてもらえている、なんて錯覚した自分が馬鹿みたいだ。思い上がりも甚《はなは》だしい。あのとろけるような、天に昇っていけそうな幸福感は、ただのまやかしだったのだ。

ひどい、とヴィルトを詰るだけの気力も誇りもなく、ユーリはのろのろと毛布を引き寄せた。

一度王宮に戻っても、きっとジダルの元に戻るように言われるのだろう。だって、バルグリアでまだなにもしていない。アゼールのために、国の利益になるようにジダルに気に入られるには、きっとまだ時間がかかる。

気に入ってもらえるまで、あと何人、あと何回、セックスするんだろう、とユーリは考えながら、毛布にくるまって座席の背のほうに寝返りを打った。

無言の拒絶を、ヴィルトは感じ取ったようだった。一度車を降り、運転席に移って、エンジンをかける。

外はいつのまにか静かになっていて、ユーリは走り出した車の暗い窓をこっそり見上げた。ほとんどなにも見えはしなかったが、車の振動と、ときおりでも見える木や岩の影に注意を払う以外に、ヴィルトを意識しない術は思いつけなかった。

このまま消えてなくなりたいほど苦しいわけは、もうわかっていた。

本当は、否定してほしかったのだ。

そんなことはありませんユーリ様。私は反対したのです。あなたを行かせたくなかった。——そんなふうに、ユーリを信じさせてほしかった。

（さもしい）

こうなってなお、ヴィルトを信じたくて、優しくしてほしいと願っている自分が、ひどく汚く思えた。実際、汚いのだろう。

花のにおいなどでは消せないほど、宝石で飾り立てても足りないほど——自分は、とても穢れている。

春を目前にした二月はクルメキシアが一番寒い時期だ。外は見るからに寒そうな景色だったが、部屋の中は快適な温度に保たれていて、あまり外に出ないユーリにはまるで関係のないことのように思えた。

このひと月は、そもそもがユーリにとって、ぼんやりと曖昧な時間だった。

食事がうまく喉を通らなくて、なんとか半分まで食べたところでユーリはスプーンを置いた。控えていた従者が一瞥し、無言のまま皿をテーブルからワゴンに移して、かわりに食後のお茶を注いでくれる。

ふんわりといい香りのするお茶は黄茶だ。バルグリアから誘拐というかたちで連れ出され、ヴィルトによって王宮まで運ばれたユーリは、戻ってきて以来一ヶ月、あまり食事ができていない。最初の一週間は起き上がるのもつらいほどで、点滴《てんてき》を受けていたくらいだった。

傷ついていた恥ずかしい場所もどうにか癒《い》え、元のこの部屋に戻ってきてからは、医師に胃腸が弱っていると診断されたせいで、食事も胃に優しいスープ系が中心だし、食後のお茶も刺激の弱いものが出される。せっかく用意してもらったものだから、毎食できるだけ食べるようにしているのだが、どうしても残してしまうのが申し訳なかった。

ユーリの身体への配慮は、ありがたいことだ、と素直に思う。きっと父のはからいだろう。父はようやく容態が安定し、今は王宮に戻っているらしい。一度だけ、ユーリが眠っているあいだに部屋を訪ねてきてくれたらしく、ユーリが目を覚ますと、部屋には真新しいCDプレーヤーと、母の好きだったイギリスの歌手のＣＤが置かれていた。

けれど、その音楽をかけてみる気には、どうしてかなれなかった。

身体が、変に軽いのだ。気を抜くとふわっと飛んでいってしまいそうな錯覚がするほどで、気づくとぼうっとしていて、朝だったはずなのに、いつのまにか夕方になっていたりする。

こんなことではいけないと、ときどきは庭に出て、まだ取り壊されずに残っている温室に行っては、無駄だと知りながら草に水をやったりしてみるのだが、現実感はずっと遠のいたままだ。

一人、現実から切り離されたように、ユーリの周りは静かだった。

前はこれがあたりまえだったのだから、元どおりになっただけだ、とユーリにはわかっていた。アゼールもヴィルトも仕事で忙しいのだろうが、一段落したらバルグリアにユーリを送り返すだろう。もしくは、どこか別の場所へ。早くその日が来ればいいと思う。そうしたら、やることがあるだけましだ。

お茶を飲みながら、今日はどうしようか、と考えて、ユーリは従者を見た。

「今日、父上にお会いしにいきたいのですが、かまいませんか」

「近頃はクシュール様もお加減がよいとうかがっております。確認してまいります」

クシュール直々《じきじき》にユーリの元を訪れたのが効いているのか、従者の態度は前より丁寧になっていた。

お茶も下げられてしばらくすると、許可が下りたということで、ユーリは身支度を整えて父の部屋に向かった。

　ドアが開けられると、父はベッドにはおらず、窓際の椅子に座っていた。

「父上。お元気そうでよかったです」

　以前よりも健康そうな様子にほっとして、ユーリは歩み寄って、差し出された手を握った。

　求められるままますぐそばに椅子を引いて座ると、クシュールはいつもするように、ユーリの髪を撫でてくれた。

「大変だったねユーリ。もう具合はいいのかい？」

「ええ、もうすっかり」

「胃腸の調子が戻らないと医者に聞いたよ。あんなことがあったのだ、ストレスが残るのは仕方がないが、できるだけよく休んで、たくさん食べて、早くよくなっておくれ。誘拐だなんて……さぞ怖かっただろうね。こんなに痩せて」

　そっと頬を撫でられ、ユーリは目を伏せた。

　父に触れてもらうのさえ、申し訳ない。僕は汚いので、と言って逃げたいのを押し殺してどうにか微笑むと、クシュールは気を取り直したように尋ねた。

「バルグリアは初めてだったろう？　面白いものは見られたかい？」

「――ええ。孔雀が、いました」

笑みが強張ったのをクシュールはどうとらえたか、もう一度髪を撫でてくれた。

「孔雀だけしか見られなかったとは残念だな。私も数回しか行ったことはないが、遺跡も我が国とはまた違って面白いよ。また、のんびり訪れる機会もきっとくる」

「……はい」

クシュールは、バルグリアでなにが行われていたか知らない。それは幸いなことだった。知れば、彼が心を痛め、怒ってくれるだろうから。

表情の晴れないユーリの肩を撫でて、クシュールは穏やかな顔に苦笑めいた表情を浮かべた。

「きっとアゼールのことを恨んでいるだろうね。確かに、アゼールが常に正しく振る舞えるとは限らない。彼もまだ若いし、人間である以上間違いも犯す。だが、それでも彼はおまえの兄だよ、ユーリ」

慰めるようにも、頼み込むようにも聞こえる父の声が痛かった。

「だからどうか、嫌わないでやっておくれ」

何度も肩をさすられ、ユーリは頷きを返す。

「アゼール様を嫌ったりはしません」

嫌う権利もない、と思う。憎む立場にもなく、きっと感謝してしかるべきだと思う。追い出さずにこうやって王宮に置いてくれ、父とも会わせてくれるのだから。

薄く、軽く、遠く感じる自分を繋ぎとめるように、ユーリは意識して笑ってみせた。できる限りの愛情を込めて父の目を見つめ返すと、クシュールは大きく頷いた。

「ありがとう。おまえは私の自慢の息子だ」

ほんのわずかに彼の目が潤んでいるのに、ユーリは気づかないふりをした。


アゼールから呼び出されたのはその翌日のことだった。

従者に連れられて出向くと、いつも使っていた公用の謁見の間ではなく、その奥にある執務室へと通されて、初めてのことにユーリは戸惑いながらドアをくぐった。

巨大な机の向こうに、書類やパソコンのモニター、本や地図といった雑多なものにうもれるようにアゼールはいて、ユーリを見ると「ちょっと待ってろ」とぶっきらぼうに言った。

「王というのはほとんど雑用係だ。処理しても処理しても、山ほど見なきゃいけない書類が湧いてくる」

お忙しいんですね、と返そうとして、なんだか皮肉に聞こえそうな気がしてユーリは黙っていた。

やがてようやく手をとめたアゼールは、椅子に背を預けて、立ったままのユーリを見上げた。

「昨日裁判が終わった。おまえを誘拐した犯人たちの裁判だ。本来ならば王族に手を出せば死刑だが、そうするとおまえがバルグリアにいたことを公《おおやけ》にしなければならず、それはバルグリアのほうでも望まない事態だ。それで、たまたまあの小屋で暴行が行われているとの通報があったので、警察がかけつけて逮捕した、という筋書きになって、やつらはちょっとした実刑を食らって終わり、という算段だ」

　感情の窺えない、淡々とした言い方だった。ユーリがなにも言わないでいると、不機嫌そうに眉を上げ、「不満か」と訊いてくる。ユーリは首を振った。

「それで問題がないなら、かまいません。国際問題とかにならないんでしたら」

「ジダルなら失脚したよ。もともと、次の選挙は危ないと言われていたらしい。支持者の機嫌を取ろうとおまえを使ったらしいな――腹心の男のほうから、内密に、と言ってきた。向こうも、まがりなりにも別の国の王族にいかがわしい真似をしたと言われるのは具合が悪いんだろう。……おまえの訪問を非公式にしておいたことだけが、不幸中の幸いだったな」

　腹心の男、というのはきっとターイルだ。ほんの少し懐かしく思い出し、まるで遠い昔のことのようだ、と考える。

　アゼールはため息をついた。

「おまえが寝ているあいだに、カシェルの自治権廃止案は否決された。他にも否決された案はいっぱいあるぞ。――長老会の連中がここぞとばかりに偉い顔をして困る」

珍しく、愚痴っぽい口調だった。

　なぜ自分にそんな話をするのかわからなくて、ユーリが困惑してアゼールを見返すと、彼は口の端だけで皮肉っぽく笑った。

「だがまあ、敵がはっきりしたと思えばよかった面もある。就任案自体、発表する前に長老には見せているんだ。数人、国政に詳しい人間がそういう役目を担ってる。彼らはこれでいい、すばらしいと言ったのが、結局口先だけだったわけだ。俺を支持したくない人間が、長老たちのあいだにも複数いる——つまるところ、俺はそこそこ大変だ」

「王が、激務だということはよくわかります」

「大変だってことは、補佐する人間が必要だってことだ」

「——そうですね」

ヴィルトのことだ、とユーリは思って頷いた。そんな念を押されなくても、ヴィルトのほうだってもうユーリにかまけようとは思っていないだろう。だが、アゼールはいぶかしげに顔をしかめた。

「なにも知らないのか」

「……なにを、ですか？」

まさかヴィルトになにか、と思って聞き返すと、アゼールはしばらくじっとユーリを眺めたあと、顔を背けた。

「なんだ、てっきり、俺に内緒《ないしょ》で密会でもしてるだろうと思ってたんだがな」

完全に、皮肉の口調だった。黙って流してもよかったが、それではヴィルトに申し訳ないような気がした。

「ヴィルト様はそんなことはしません。アゼール様のほうが、よくご存じのはずです」

「おまえにそんな諭され方はしたくない」

憮然《ぶぜん》とした顔になって、アゼールは手元の紙を一枚引き寄せた。

「それで、おまえの今後の処遇だが――」

そのとき、扉がノックされた。振り返ってみると取り次ぎの衛兵が顔を覗かせ、アゼールが頷く。

「少し早いが、まあいい。入れ」

誰かもう一人呼んでいたらしい。次の自分の仕事に関係する人間だろうか、とぼんやり思ううちに、衛兵が大きくドアを開け、彼よりも背の高い男がその陰から姿を現した。

背をまっすぐに伸ばして立っているのはヴィルトだった。

しなやかな豹を思わせる見た目に変わりはなく、その彼がユーリをみとめて驚いた顔をするのが、なぜか苦しかった。ユーリは不自然にならないよう前に向き直った。

「お呼びだと聞いたのですが――どうして、ユーリ様が」

「俺は忙しいんだ」

机の向こうで、アゼールが不機嫌に言い放つ。

「よって、すみやかにことを進めようと思っただけだ。説明してやるからよく聞け」

「わかりました」

ユーリの後ろに近づいてくる気配が感じられて、知らず身体が強張った。アゼールはひたとヴィルトを見据えたまま、厳しい顔を崩さなかった。

「長老会では、おまえがあのカシェルの一派と長年連絡を取っていたことを重くみて、王宮から追放すべきだ、という声もあるのは知っているな」

「はい」

「その上で、おまえは俺に申し出たわけだ。俺のそばに仕えるのをやめたい、と」

「そんな！」

咄嗟に声をあげてしまってから、ユーリは慌てて口を覆った。ちらりと咎めるような視線をアゼールに向けられ、「申し訳ありません」と頭を下げたものの、ユーリは言わずにいられなかった。

「そんなの、駄目だと思います。ヴィルト様はアゼール様のためにずっと尽くしてきたのに、勝手なことを一部の人がやったからって、——それに、僕を助けに来てくれたのはヴィルト様で、それに、」

言いながら自分の主張が子供っぽく、まるで筋の通らないものに思えてきて、ユーリは口ごもった。

けれど、ヴィルトがアゼールに仕えるのをやめて、王宮を出てしまったら、二度とヴィルトと会う術はなくなる。

ここから彼がいなくなる、と思うと、すうっと視界が暗くなる気がした。

――信じられない。

(僕、なんでこんなに、強欲《ごうよく》なんだろう)

迷惑をかけたと自覚していて、ヴィルトに大切にされるわけがないと弁えていてなお、ヴィルトとのかかわりを完全になくしたくないと、思っているのだ。

「ヴィルトが暴行現場に行った事実は存在しないことになってる。そもそも、おまえもいなかったことになってるんだからな」

ため息混じり、面倒そうにアゼールは言った。

「カシェルの過激派の一部とヴィルトが連絡を取っていたのは事実で、だが彼らに協力したという事実はない。裁判でも、そういう結果になってる。俺としてはなにからなにまで長老会の言いなりになりたくないからな、ヴィルトを追い出す気はないし、おまえの辞表も受け取らない」

「――アゼール様、しかし」

「おまえに自由をやるなんて思うなよ」

ぴしゃりと、断ち切るようにアゼールは言った。「これだけ迷惑をかけたんだ。その分の償《つぐな》いはしてもらう。二度と辞《や》めるなどと口にするな」

不機嫌きわまりない、突き放すような声と表情なのに、どうしてか、ユーリには少し寂しげに見えた。

「しかし、私にはすべきことがあります」

硬い声で反論したヴィルトが、ユーリにはもどかしかった。

アゼールがヴィルトを信頼して——あんなことがあったあとでも、自分の補佐役としてそばに置きたいと言っているのに、それを受け入れないヴィルトがもどかしい。アゼールのことをあれほど大切にしていたはずなのに、どうして自ら辞めようとするのだろう。

もう、愛想をつかしたのだろうか。アゼールにも——ユーリにも。ひいては、この国にさえも。

「申し上げてあったはずです。ユーリ様への償いをさせていただきたいと」

俯きかけていたユーリは、唐突に出された自分の名前に、ぴくんと肩を揺らしてしまった。

思わず振り返りそうになるのを堪えたが、上げた視線の先で、アゼールが嫌そうに顔をしかめるのが目に入った。

そのアゼールを見つめて、ヴィルトは続ける。

「私の判断が甘かったせいで——まさかジダル卿が、自分の取り巻きにユーリ様を与えるなどと思いつかなかったのは、言い訳のしようがありません。その上、カシェルの民の一部が、ユーリ様を傷つけました。表向きは丸く収まったとはいえ、同じカシェルとして——この罪は、一生をかけてあがないたいのです」

低く深みのある声が、丁寧に熱心に語るのを、ユーリは遠いもののように聞いた。

内容を、うまく理解できない。

立ち尽くし反応しないユーリを一瞥したアゼールが、いっそう苦い顔をした。

「俺の側仕えを辞めてユーリに仕えると？　そんなの、いい笑いものだし、長老会だって納得しない。許可できるわけがないだろう」

「降格処分になるわけですから、対外的に問題はないかと思いますが」

「俺のプライドだってある」

傲然《ごうぜん》と、アゼールは顎を上げる。

「絶対に、おまえのことは手放さないぞ」

頑《かたく》なにも取れる態度に、ヴィルトが困惑するのが感じ取れた。なにも言えずにいるヴィルトをしばらく見据えて、アゼールはペンを取り上げた。手元の紙になにか書きつけて、なんでもないことのように続ける。

「だがその前に、おまえを謹慎処分にしないとならない」

「――謹慎、ですか？」

「そうだ。おまえにお咎めなしは絶対に駄目だとうるさい連中がいてな、妥協案というところだ。そんなわけで、今から半年、おまえの仕事はない」

「……」

「そのあいだはさぞ暇だろうからな、なにをしようとおまえの自由だ。まあ、外出には監視がつくが、なんならその監視はユーリにやらせてもいい。おまえが俺の言うことを聞くなら」

「アゼール様」

感極まったように、呻くようにして、ヴィルトが王の名を呼んだ。胸に手を当て、深く頭を下げるのを、ユーリはぼんやり見守る。

「ありがとうございます。二度と、ユーリ様を傷つけることがないよう、この身をかけてお守りします」

「鬱陶《うっとう》しいな。ただの謹慎だぞ、礼など言われる筋合いはないし、だいたいそんな淫売、できれば二度と見たくないんだ。山奥にでも連れていって閉じ込めておけよ、目障りだからな」

「アゼール様は素直でないところが唯一の欠点でいらっしゃいますね」

「うるさい、黙れ」

怒った顔をわずかに赤く染めて、アゼールは紙を突き出した。

「謹慎を命じる書状だ。せいぜい大事に持っていろ。謹慎があけたらこき使うからな」

「ありがとうございます」

微笑んでヴィルトが受け取ると、アゼールは雑に手を振った。退出しろ、という合図だ。まだ訊いていないことがたくさんある気がしたが、ユーリは仕方なく踵を返した。

硬い石の床を踏んでいるはずの足がふわふわする。

これから、どうすればいいんだっけ、と考えてみても、思い出せない。たしか最後に目障りだと言われたから、きっと王宮も出ていったほうがいいのだろうけれど。

「ユーリ様、部屋までお送りします」

ふいに、肩の飾り布を後ろからかけ直されて、大げさなほど身体が竦んだ。横に並んだヴィルトが気遣わしげに眉を寄せて、ユーリの顔を見つめてくる。

「すみません。触られるのはお嫌ですよね。——顔色が優れないようですが、大丈夫ですか?」

「——大丈夫です」

声も出せないような気がしたが、ちゃんと言えて、ユーリは胸を押さえた。そこが、ずきずきと疼くように痛い。

「それならいいのですが……具合が悪いのでしたらすぐにおっしゃってください。まだ体調が戻りきらないとうかがっていますし、どうか無理をなさらないよう」

心配そうに言ってくれる声まで痛いようだった。逃げ出したくて、ユーリは顔を背けるようにして歩きながら言った。

「半年、も、謹慎だなんて、重い処分ですよね」

「そんなことはありません。もったいないくらいです。アゼール様もきっと、ユーリ様に対して申し訳ない気持ちがおありなのだと思います。このひと月のあなたの状態を見れば当然ですが——だからこそ、私にも償うチャンスをくださったのでしょう」

優しい、親しみの込められた声に、またずきんと胸が痛んだ。刺されているようだ、と思いながら、ユーリは首を振った。

「僕は、償いなんていりません」

「——ユーリ様」

「そんなことをしていただく権利もないですし——ヴィルト様は、アゼール様にとって必要な、大事な人ですから」

半ば自分に言い聞かせるようにそう言って、ユーリは一度目を閉じた。胸が痛む理由に思い当たって、本当に馬鹿だ、と自嘲する。

今ごろ、気づくなんて。

ヴィルトともう二度と会えないのも嫌だと思うくせに、償いなんていらない、と思うのは、結局わがままだ。

自分の望むようなヴィルトでいてほしいと願うわがまま。

それは、自分がヴィルトを好きだから、同じように彼にも自分を好きでいてほしいと思う、卑《いや》しい本音だった。

（――ヴィルトが、好きなんだ……）

初めてユーリに憎しみを抱かせた人。

怖くて、誠実で生真面目で、兄と強い絆で結ばれている人。

初めて好きになった相手が、よりによって、結ばれてはいけない相手だなんてやりきれない。

「ユーリ様に償いをさせていただきたいというのは、無論私の希望でもありますが」

こつ、とヴィルトの靴が音をたてた。近づかれたのがわかって、ユーリは脇に身を引いた。怖かった。ヴィルトにしがみついてしまいそうな、この衝動が怖い。

「これは、アゼール様へのご奉公も兼ねていると思うから、言ったのです。私は知っていますから」

身を縮めたユーリの上に、ヴィルトの視線が注がれているのが感じられた。どこか和らいだ声が、きつく俯いたつむじの上から聞こえる。

「戻っていらしたときのユーリ様の衰弱ぶりと、病状があまりにひどいので、アゼール様がわざわざ身体にいいお茶を取り寄せてくださったんですよ」

「……あの、黄茶を？」

「ええ」

頷かれ、なんとも言えない気持ちでユーリは唇を噛んだ。嬉しい、と思うよりも、どうしてそんな、という困惑が先にきてしまう。

「本当は、アゼール様は優しい方です」

しみじみと言ったヴィルトは、律儀に「失礼します」と言って、ごくかるくユーリの背中に触れた。

「よろしければ、庭に下りませんか。せっかくいいお天気ですし」

促され、断る理由も思いつけなくて、ユーリは回廊を下りた。

真冬にしてはあたたかい日で、弱い陽射しの温もりが衣服越しにも感じられた。

「バルグリアには、すぐに迎えにいけずに、申し訳ありませんでした」

ユーリの真横ではなく、ほんのわずか後ろに下がった位置から、ヴィルトは言葉を選ぶように切り出した。

「ユーリ様がセティから聞かれたように、あなたの公務の行き先を決めたのは私です。クシュール様のご意向で、ユーリ様も公務につけなくてはいけないとアゼール様に相談されたとき、どこか外国に——その、どうせあの身の上だから、身体を使わせればいいんだ、とおっしゃって。お諫めしたらお怒りになってしまって、仕方なく一度、アゼール様も納得するような行き先を調べることにして——ジダル卿を選びました。彼が少年趣味だというのは有名ですが、もう機能は衰え、かこっていた美少年を手放してしばらく経つことと、選挙が近いので、失脚したくない彼は愚かな真似はしないだろうと——それに、出発を遅らせてしまえば、ユーリ様の公務自体もなかったことにできる予定だったのです。それが、あんなことになってしまって」

苦い、後悔に満ちた声を聞くと、ユーリのほうが却って申し訳ないような気になった。あんなこと、と言われるような行為を、拒めなかった。

「セティたちのこともです」

足をとめかけたユーリの前に手を差し出して促しながら話すヴィルトの声は、また落ち着いたものに戻っていた。

「もともと、私はカシェルの中から、クルメキシア王家へ、それこそ貢ぎ物のように差し出された身です。名目上、カシェルの民も厚く遇する旗印として、学友として取り上げられたのですが、カシェルのあいだでは『人質だ』と言う者もいました。だいぶ減ったとはいえ、過激に独立を目指そうとする一派が残っているんです。その過激派はアゼール様が王になられることを知って、私に連絡を寄越しました。このタイミングでなら独立の交渉もしやすい、新王の弱味を教えろと――もちろん、突っぱねました。我々は厳しい環境で、少ない人数で暮らす民族です。独立したところで、諸外国と渡り合うだけの体力もない。限定的とはいえ自治が認められている現状に不満を感じる人間も少ない。セティたちのような一派はカシェルの中でもすでに過去の遺物のような扱いなので、彼らには焦りもあったと思います。そこへ、アゼール様が自治を廃止する案を出すことがわかって、セティたちはよけいに怒りました。法案に反対する権利は誰にでもあります。ですから、せめて平和的な方法を取ってくれと頼んだ結果が、鉱山でのストライキでした。――結局、それではセティたちを納得させられなかったのですが」

手入れされた植木のあいだを抜けると、その先はもう裏庭だった。部屋のほうに行くことも、といって温室のほうに足を向けることもできずに今度こそ足をとめると、ヴィルトもう促しはしなかった。

「そもそも、アゼール様がなぜカシェルの自治権を廃止にしようとしたのか、ユーリ様はご存じですか？」

「……いいえ」

「そうですよね。ほとんどの人は、意図を汲《く》めなかったでしょう。でも、私は存じていました。私がカシェルの出身だったからこそ、砂漠の民も、山の民もわけへだてなく、本当の一つの国へ、と望んでくださったんです。確かにやり方は性急で一方的ですが、アゼール様のご意向を、私はきちんと同朋に伝えきれなかったのですから、今回のいろいろなことは、私にも責任があるのです」

ヴィルトが、ユーリの前に回り込む。正面から見つめられると息がつまったように苦しくて、ユーリは逃げるように首を振った。

「なにがあったかはもうわかりました。説明していただけてよかったです。僕は、……怒ったりはしていないので、もういいです」

丁寧に説明してもらうほど、苦しくなる。

ヴィルトは結局、義務感から、償いをしたい、と言っているだけなのだ。誠実なその態度を喜べない自分を思い知るのはつらいことだった。

謝ってほしくなんかない。ただユーリがほしいのは、――ただ、もう一度、あの優しい声だけだ。必ず帰ってこられますから、と言ってくれた声。優しくユーリに触れながら、あのときみたいに低くあまい声で、「おかえりなさい」と言ってほしかった。できることなら耳に口づけて、待っていました、と――。

あさましい、と思うと目眩がした。

「僕は……なにか、仕事を探さないと」

逃げるように呟いて身を翻《ひるがえ》そうとすると、手首をきつく摑まれた。

反射的に竦んだユーリに、ヴィルトは慌てたように力を緩めたが、しかし、離してはくれなかった。

「申し訳ありません、私に触れられるのはお嫌だと思いますが、これを最後にしますから、一つだけ、聞いてください」

低く、熱っぽくヴィルトは言いながら膝をついた。騎士が王にするように跪かれ、下から見上げられて、ユーリは射すくめられたように動けなくなる。

最初、怖いとさえ感じた目が、あの日と同じ強さでユーリをとらえている。

「私には、どうしても国を平和なままにして、アゼール様と仲違《なかたが》いしたくない一番の理由があったのです。この十五年のあいだ、それだけを考えていたといっても過言ではありません」

「――なに？」

「あなたです」

握ったままの手にそっと力が込められて、ぱっと全身が熱くなった。爪先まで広がっていくその熱に、ユーリは怯えて唇を噛んだ。嫌だ。自分の、こういうところが嫌いだ。すぐに期待してしまうところ。はしたなくて欲深い、淫らだと言われても仕方のないところ。

「あなたに、きちんとご挨拶をできるようになりたかった」

囁くように低い声は、不思議とよく聞こえた。続きを聞くのが怖くて後じさりたいのに、摑まれた手を振りほどくこともできずにいるユーリに、ヴィルトは辛抱強い丁寧さで言った。

「ただの使用人と同じ身分ではなく、あなたとつりあうだけのものをもって、お会いしたかったのです。以前に一目お会いしたときから、あなただけが、私の愛する人だから」

「……っ」

「ですから、なんなりと命じてください。もしまだ約束を遂行する気がおありでしたなら、カシェルの村にもお連れします。蝶の湖を――覚えていらっしゃいますか？」

首を振る。あいするひと、と声が木霊《こだま》する。それが血に乗って、身体中を巡っている気がする。

愛していると言われて、こんなに苦しいとは思わなかった。

だって、ヴィルトの言う愛は、きっとユーリの気持ちとは違う。違うと思うと、申し訳なさで倒れそうだった。

実際よろめきかけた身体を、ヴィルトが立ち上がって支えてくれる。

「すみません。まだご体調も優れないのに——部屋に戻りましょう」

「一人で、戻ります」

頑なに首を振ると、ヴィルトは困ったようにユーリを支える手の力を抜いた。どうにか自力で立って、ユーリはヴィルトを見て微笑もうとした。

「ありがとうございます。でも、」

でもそばにはいないで、と続けられずに、息だけが漏れた。ヴィルトは眉をひそめて、もう一度手を差し伸べる。

「どうしても私を見るのがお嫌でしたら、目立たないようにお供します。仕事をお探しになりたいということでしたら、ご希望の職種があれば私がかわりに」

「違うんです」

ヴィルトが優しくて誠実だから、よけいにつらかった。かぶりを振ると、そのはずみで溢れそうになっていた涙がつっと零れて、ヴィルトがうろたえた顔をした。

「ユーリ様。ユーリ様、どうか泣かないでください。すみません——憎まれても仕方がない身で、図々しいことを言いました」

「違うんです……」

同じ言葉を繰り返して、ユーリは熱い気のするため息をついた。落ち着こう、と自分に言い聞かせて、震えてしまいそうな手を握りしめる。

「あなたが、——あいするひと、って言ってくれたから」

「——ユーリ様」

「僕、それだけでいいです。あなたに迷惑をかけてしまったと思っていたので……なんの役にも立てなくて、身体を大事にしろと言ってもらえたのに大事にもできなくて、でも、こうやって気遣っていただけて嬉しいです」

そうだ、と思う。一度きりでいい、と考えていたのだ。

ヴィルトのくれる優しさに舞い上がって欲ばりになっていたけれど、ヴィルトがどういうつもりだったにせよ、一度だけ抱いてもらったあの夜は、あれだけ、幸福だったのだから。

「だからどうか、もう僕のことは放っておいてください。アゼール様は本当にヴィルトのことを大切に思っていらっしゃるんですから。——僕は、王宮を出るつもりです。二度とアゼール様にもご迷惑をかけないようにします」

言い終えて、それで終わりにするつもりだったのに、もう二度とヴィルトに会えないと思うと心臓が刺されたように痛んだ。崩れ落ちたいほど激しい痛みに胸を押さえて、どうせ一緒だ、とユーリは思った。

もう会えないなら、心底軽蔑されても一緒だ。

「だから」

ほろりと声が零れる。

「最後に、……一回だけ、抱きしめてもらえませんか。——僕は、汚れているので、気持ち悪くなかったらで、——ちょっとだけで、」

「ユーリ様」

強く腕を巻きつけられて、目の奥で白く光が瞬いた。ひくっ、と喉がみっともなく鳴って、ユーリは目を閉じる。

「すみません。ショックを受けていて当然なのに——申し訳ありません」

背中をかき抱いて、ヴィルトは押し殺した声で囁いた。

「どうか、ご自分を貶めないでください。——愛しています。こうやって抱きしめるだけでは足りないくらい、ずっと前から、あなただけを」

お許しいただけるなら、と耳に直接流し込まれた声は、ぞくりとするほどあまかった。

「どうか私に、触れさせてください。あなたが嫌なことをすべて忘れてしまうまで」

ベッドに横たえる仕草も、服を脱がせる仕草も、ヴィルトは恭《うやうや》しいほど丁寧だった。

「嫌なことがあれば、すぐに言ってください。思い出して気分が悪くなったり――少しでも嫌悪感があったら、すぐにですよ」

「――はい」

ズボンのウエストに手をかけながら念を押すヴィルトに向かって頷くと、気遣うようにそっとそれを下ろされて、ユーリは恥ずかしさをじっと堪えた。

「少し、戻ってきましたね」

ほっとしたような囁きと一緒に、あたたかい指先が下腹部をたどる。つっとVの字を描くようになぞられて初めてなんのことかわかって、ユーリは顔を赤くした。

あれきり手入れをしていないそこは、柔らかい毛がまた生えはじめている。別段おかしくないその状態を指摘されるのはものすごくいたたまれない。

「ここを処理するように、というのはアゼール様が言い出したのです。おそらく、私が最初ユーリ様の公務に反対だったので――私を試すおつもりもあったのでしょう。巻き込んでしまって申し訳ありません」

「ほかの……、ことも？」

そっと、羽で触れるようなかるさで腹や腰を撫でられているだけなのに、すでに息が乱れていて、ユーリはそれを隠したくて訊いた。

「ほかの、準備、も……アゼール、様、が」

「そうですね。準備をしろと言ったのはアゼール様ですが、それなら私が、と申し出たのは私です。――ほかの人間に、触らせたくはありませんでしたから」

手を這わせたまま、ヴィルトはユーリの顔を覗き込んだ。じっと目を見つめられ、それから額に唇を押しあてられて、ユーリは堪えきれないため息をついた。

「……ぁ、あ」

「夢のようです」

口づけは、額だけで終わらなかった。そっと眉にも、鼻先にもキスされて、さざ波のように悦びが肌を震わせた。

「準備のあいだは――許されないことをしているとわかっていて、だんだんエスカレートしそうな自分が怖かった。それが、こうしてあなたをきちんと愛する日が来るとは――私は恵まれていますね」

そっと目尻にも口づけられ、微笑まれて、きゅん、と胸の奥が痛くなる。

「僕――バルグリアで、大勢に、」

「おつらかったでしょう。……本当に、申し訳ありません」

「いいえ。大勢に、されたことより、最初の日に――耳を、舐められて。ヴィルトが、初めてキスしてくれた場所なのに、逃げられなくて、」

「忘れてください」

ふ、と耳の真ん中に温もりが触れた。

かるくついばむような口づけに、たまらなく身体が震えて、ユーリはヴィルトの腕を摑んだ。

自分から触ったら避けられてしまうかも、と思っていたのに、一度触れてしまえば、とても手放す気になれなくて、ぎゅっと指に力を込める。

そのあいだにも、ヴィルトはキスをくれた。

耳のかたちを教えるように、上のほうからゆっくりと口づけられて、やんわりと耳朶を噛まれると、ぴくん、と腰が跳ねてしまう。

「っ……ん、ふ、」

「他には？　他に忘れたいところがあれば教えてください。忘れて、そのかわりが私でよければ、どうぞ今日のことだけ覚えていてください」

低い、常よりも艶《つや》を帯びた声だけで、身体がとろけそうだった。荒くなる息を零す唇を、かるく短くついばまれ、ユーリは瞬きした。

「もっと、」

「もっと？　ここに？」

確かめるように訊いて、けれど返事を待たずにヴィルトは再び唇を塞《ふさ》ぐ。今度は長く——強めに押しつけられて、緩くひらいた隙間からは、舌がすべり込んだ。

「ん……っ、ぅ、ん、」

喉の奥で声がくぐもる。熱くなめらかな舌は初めての感触で、舌同士が触れあうと、びぃん、と痺れるように快感が走った。

口の中を動き回る舌は、丁寧に歯を撫で、上顎をくすぐって、その度にたまらない震えが駆け抜ける。

「んぅ……は、……っ、む……っ」

呼吸を促すようにかるく離れたと思うとまた塞がれて、とろんと唾液が唇の端を伝う。優しく舌を絡められて、ああ、キスしてるんだ、とユーリは思った。

なぜできないんだろうと、一生できないかもしれないと諦めていた、好きな人とのキスをしている。

くちゅっと音をたてて舐められ、ついばむように何度も口づけられるのが嬉しくて、気持ちがいい。快感に耐えきれず身体が跳ねてしまう度、大きな手が宥めるように胸からウエストまで撫でてくれるのも、たまらなく心地よかった。

「可愛らしい表情です。とろけそうで——とても美しい」

ヴィルトはキスの合間にそう囁いた。頬にかかった髪を払いのけ、淡く瞬いた眦にもキスをくれる。

「目が、少し紫がかって見えますね。冬の明け方の空のようで、懐かしい」

「なつか、しい？」

「山では、よく朝焼けを眺めたのです。カシェルの朝は早いですから」

言葉どおり懐かしそうに目を細めたヴィルトの顔は、初めて見る穏やかさだった。満足そうにも見える整った顔に目を奪われていると、ヴィルトは小さく笑ってもう一度短いキスをくれた。

それから、首筋に口づけられた。喉にも、鎖骨《さこつ》にも、胸の上のほうにも、丁寧に丁寧にキスが降らされる。

薄く繊細《せんさい》な皮膚《ひふ》を通して、ヴィルトの熱と心が沁み込んでくるようだった。

口づけられた場所に穏やかな火が灯されたように、一つずつ、一回ごとに体温が上がっていく。

二の腕に、肘に、手首にもキスされて、指先をかるく吸われると、ユーリは焦れったさに身を捩った。

「ヴィルト……、ヴィルト、僕、」

気持ちよくてどうにかなりそうで、早くもっと——もっと直接的に気持ちよくなる場所に触ってほしい。

けれどそう口にするのは恥ずかしくて、反応した場所を隠すように膝をすりあわせると、ヴィルトは唇の端を持ち上げるようにして微笑んだ。

「もう我慢できませんか？」

「……っ、」

違う、と否定したくて、でも否定できないほど身体が熱い。こくん、と喉を鳴らしてヴィルトを見上げ、ユーリは口をひらいた。

「ほかの、ところ、も、——ヴィルトが、前にしてくれた、みたいに、してほしいです」

初めて繋がった日のように、恋人のようにしてほしい、と言ったつもりだった。

「前のようにはできません」

きっと「わかりました」と言ってくれると思ったのに、ヴィルトは首を振った。そんな、と愕然《がくぜん》として目をみはると、ヴィルトは苦笑してかるく鼻先にキスしてくれる。

「あれは、だいぶ手荒になってしまいましたから。それに、外になにか聞こえてしまったら衛兵に告げ口される心配がありましたから、あなたの不安をきちんと取りのぞくこともできなかった」

熱っぽく気遣わしげな瞳で見下ろして、ヴィルトはきっぱり告げた。

「今日はユーリ様の嫌なことは一切しません」

ヴィルトは手を下肢《かし》に這わせてくる。躊躇いなく性器を握り込み、びくんと竦んだユーリを宥めるように、緩く上下に扱いた。

「あ……っ、あ、ア」

すでに勃ち上がっていたユーリの分身は、ヴィルトの手に包み込まれるとあっというまに泣き出してしまった。

ぬるぬるした先端を巧みに指で弄られて、くびれた部分の裏側を擦られる。にゅちっ、という音が聞こえて、ユーリは腰を浮かせて身を捩った。

「あぁっ、は、……っあ、アッ、んっ」

強すぎる快感から逃げたくても、ヴィルトの手は外れない。ねっとりと濡れてしまった手でかるく付け根を揉まれ、今にも達してしまいそうに背筋が痙攣した。

「達かせて差し上げたいところですが」

ユーリを追い上げる手を緩めて、ヴィルトが臍《へそ》に口づけた。それにさえびくんとしなるユーリの腹を、愛しげに撫でてくる。

「記憶をすべて上書きしていただくには――繋がらないといけないでしょう?」

するりと下腹部から太腿へと手のひらがすべり、膝まで撫で下ろして、そこを掴まれる。ぐっと持ち上げられて、ユーリはなにをされるかわかってため息を零した。

「あ……、ぁ、」

大きく脚を広げさせられただけで、小刻みに震えてしまう。

カーテンを閉めているとはいえ、外は真昼だ。隠しようもない明るさの中、濡れそぼった性器と、今は固く閉ざしている蕾《つぼみ》に視線を注がれて、ユーリはシーツを掴んで目を閉じた。

恥ずかしいのと同じくらい、期待でおかしくなりそうだった。

瓶の蓋《ふた》を開ける音がして、続けて、とろとろと生ぬるい油が肌を伝う。むずがゆいその感触を追うように、ヴィルトの手がユーリの脚の付け根全体を撫でた。

ゆっくりと馴染ませて、尻のあわいにまで香油を塗りのばしてから、窄まりの襞《ひだ》までじっくりとなぞられる。

「あ……っ、ん……っ」

くすぐったさと捩れそうな期待で震えるそこに、つぷ、と指が差し込まれる。なめらかにぬめりを帯びたヴィルトの指はあっけなく埋まったが、中程まで入れられるとどうしても身体が強張る。

「ふ、ぅ……っ、ぅ、く、」

懸命に息を吐きながらユーリはヴィルトの指を意識すまい、としたが、締めつけてしまうのを緩めるのは難しかった。

「息をつめないで、ユーリ様」

案じるような声がして、ちゅ、と唇をついばまれた。目を開けるとヴィルトが覗き込んでいて、二度、三度とキスを繰り返してくれる。見つめられながら柔らかく唇を吸われると、身体の芯がじんと疼いた。

今ユーリと触れあっているのは、他の誰でもない、ヴィルトなのだ。

ヴィルトの触れてくれた場所がすべて、とろとろに濡れているように思えた。

ひんやりと無機質に冷たかったユーリの身体が、あたたかく――どこもかしこも、したたりそうなほど潤っている。

「すっかりきつくなってしまいましたね。あまり苦しいようでしたら、無理強いはしたくないのですが」

ヴィルトは窺うように、うずめた指を緩く抜き差しする。

「……ですが、ここも、今日の私を覚えていただきたい」

「あ……ッ、あ、ぁ、そこ……！」

くい、とあの一番感じるところを押されて、ぱっと視界に星が散った。

柔らかくそこをさすられるだけで、頭まで痺れるように快感が巡る。噴き出すように汗が滲んで、ユーリは夢中で首を振った。

「そこ……っ、あんまり、し、たら……い、いっちゃう、」

「ここだけでですか？　本当に？」

かるく耳を噛んで、うねるユーリの身体を愛しむように、ヴィルトは手を這わせた。ずっと触れられていなかった乳首をやんわりとつまみ上げられて、ユーリは背をしならせた。

「あうっ……あ、やぁっ……」

「嫌ですか？　中は、悦んでくださっているようですが」

ずず、と根元まで、ヴィルトの指が入ってくる。それから引かれ、またあの気持ちいいところをかすめて抜けてしまうと、今度は二本挿入された。

「はっ……ア、ッ……」

指の関節が内壁を押し広げるのが、ぞくぞくと震えを呼び起こす。短く浅い呼吸がひっきりなしに喉をついて、キスしてもらってもそれを味わう余裕もなかった。

「ユーリ様。まだ、苦しいですか？」

「うう……っ、も、へいき……、だから、」

奥のほうを、ヴィルトの指先が探っている。まだユーリが感じてしまう場所が他にないかというように、じわじわと中を弄られて、ユーリは腰を揺らした。

そこがぐしょぐしょになっていて、気持ちよすぎてつらい。

「も、だめ……だめ、いっちゃう、から」

体内の、愛撫されているところから、今にも崩れてしまいそうだった。

ぱんぱんに自分が張りつめていて、あと一押しされたら射精してしまいそうだ。また自分だけが極めてしまうのが嫌で、少しでも快感を逸らそうと上にずり上がろうとすると、思いのほか強く腰を摑まれる。

「ッ……あ、あァ……！」

小刻みに指をピストンされて、一瞬総毛立《そうけだ》つような寒気を感じた。

堪えるまもなくユーリは達して、ぱたぱたと精液を撒《ま》き散らした。吐き出すのにあわせて竦むように力の入る後ろが、ヴィルトをきゅんと締めつけてしまうのが、自分でもよくわかった。

「あ……あ、あ、」

「よかった」

余韻に震えるユーリに、ヴィルトはほっとしたように呟いてキスしてくれる。

「もう、中では感じていただけないかと……嬉しいです」

「……うれしい？　ヴィルト、が？」

「ええ」

そっと指が抜かれ、額をあわせるようにしてヴィルトは微笑んだ。

「絶対にこれだけは嫌だ、と拒まれても仕方がないと思っていたので。ユーリ様の心が広くて、素直でいてくださってよかったです」

恭しいほどの仕草で両足をさらに大きくひらかれる。

膝が胸につくほど深く脚を折り曲げると、濡れて光る蕾が上を向いて、恥じらうようにきゅっと窄まった。

そこを見下ろすヴィルトの目が、燃えるように熱っぽいのを、ユーリは陶然と見つめた。恥ずかしいポーズで恥ずかしい場所を見られているのに、彼の目に自分が映されていると思うと、それだけで溶けてしまいそうになる。

ひたと宛てがわれたヴィルトのものは、雄々《おお》しく育って硬かった。焼けるような熱さを孔に感じて、どきん、と心臓が音をたてる。

「――っ、あっ、ぁあっ、ッ」

たっぷり濡れたヴィルトの雄塊《ゆうかい》は、それでも圧倒的な大きさでユーリを圧迫した。

みっちりと押しひろげられ、塞がれて、ユーリは意識しないうちにヴィルトの肩に縋っていた。

「あぁっ……ヴィルト、……あ、ぁ、っ」

大きくて太いものが、徐々に深く刺さってくる。重たく感じるほどのその感触に、声が掠れて気が遠くなる。

「あぁ……っ、あ、へんっ……ヴィル、……、へんに、なっちゃ、う」

わずかに引かれ、わずかに前より深く穿たれて、受け入れた場所から弾けてしまいそうだった。

大きくて熱くて強いものが、どんどん中に入ってくる。

それが、おそろしいほどに気持ちいい。

「変になど、なりませんよユーリ様」

しがみつくユーリの身体を抱いて、ヴィルトも息を弾ませていた。

「気持ちいいなら、それは当然のことです。これは、そういう行為なのですから」

かるく揺すり上げられて、びりびりと痺れるように快楽がほとばしる。

「アッ……あ、ァ……っ」

「怖かったら、摑まっていてください」

言いしな、ぐん、と——今までにないほど深い場所まで穿たれて、一瞬なにも感じなくなった。そこからいっそう深くを求めるように突き上げられて、ユーリはヴィルトの背中に爪を立てていた。

「ア……ッ、ひ、あっ、」

ヴィルトの腰がたくましくユーリを突いて、ユーリの全身を揺らす。最奥《さいおう》まで穿たれるとぐしゅりと音がたって、それさえ、ユーリの意識をあまく染め上げる。

苦しいほどヴィルトの分身が猛《たけ》っているのも、はしたない音がするほど突かれるのも、ヴィルトが望んでくれているからだ、と思うと、泣いてしまいたくなる。

「ヴィルト……あ、っ、ヴィルト、も、きもち、い、い……っ？」

ヴィルトの背中に手を回したまま、ユーリは彼の首筋に顔を押しつけた。ヴィルトが呻くような声をあげ、そっと髪を撫でて、目をあわせてくれる。

「もちろんですユーリ様。——どれだけ、この日を夢みたでしょう」

唇を、ヴィルトの声が撫でるようだった。青くきらめく瞳が、いっぱいに喜びをたたえてユーリを見つめている。

「愛しています、ユーリ様」

「……ヴィル、ト、」

ぎゅうっ、と胸が締めつけられて、ユーリは「僕もです」と言えなくなった。幸福すぎても、こんなふうに胸が痛むのだ。撃たれたみたいに——壊されてしまいそうに。

「ユーリ様」

掠れた声で呼んだヴィルトが、優しくユーリの腰を撫で、かるく中を突き上げた。あぁ、と声を零して震えると、くねるようにして締まった内側で、いっそうヴィルトの大きさが増したような気がした。

「あぁ……っ、あッ、あッ……！」

じゅぶっ、ずしゅっ、と音をさせながら、きゅんと締まったそこを抉るように、ヴィルトが動く。

自然と閉じてしまう目の奥で、視界が虹色に明滅して、ユーリは上下もよくわからなくなる。

ただ繋がった場所だけがじんじんと熱く、そこだけ残してなにもなくなったように、強く激しくヴィルトを感じる。

砂嵐のように逆らえない、圧倒的な力に翻弄《ほんろう》されて、天高くまで追い上げられていくような、飛ぶような感覚。

「あ……あ、っ、ぁ、――――！」

突き抜けるように激しい快感に呑み込まれて、小さく痙攣しながらユーリは達していた。不随意に跳ねる身体の上でヴィルトが短く息をつめるのがわかる。

内側にはじんわりとしたたるような熱を覚えて、ユーリは震えたまま、もう一度強くヴィルトを抱きしめた。


くたびれて重たい身体の隅々まで、まだ熱がこもっている気がした。あたたかいお湯にでもつけら

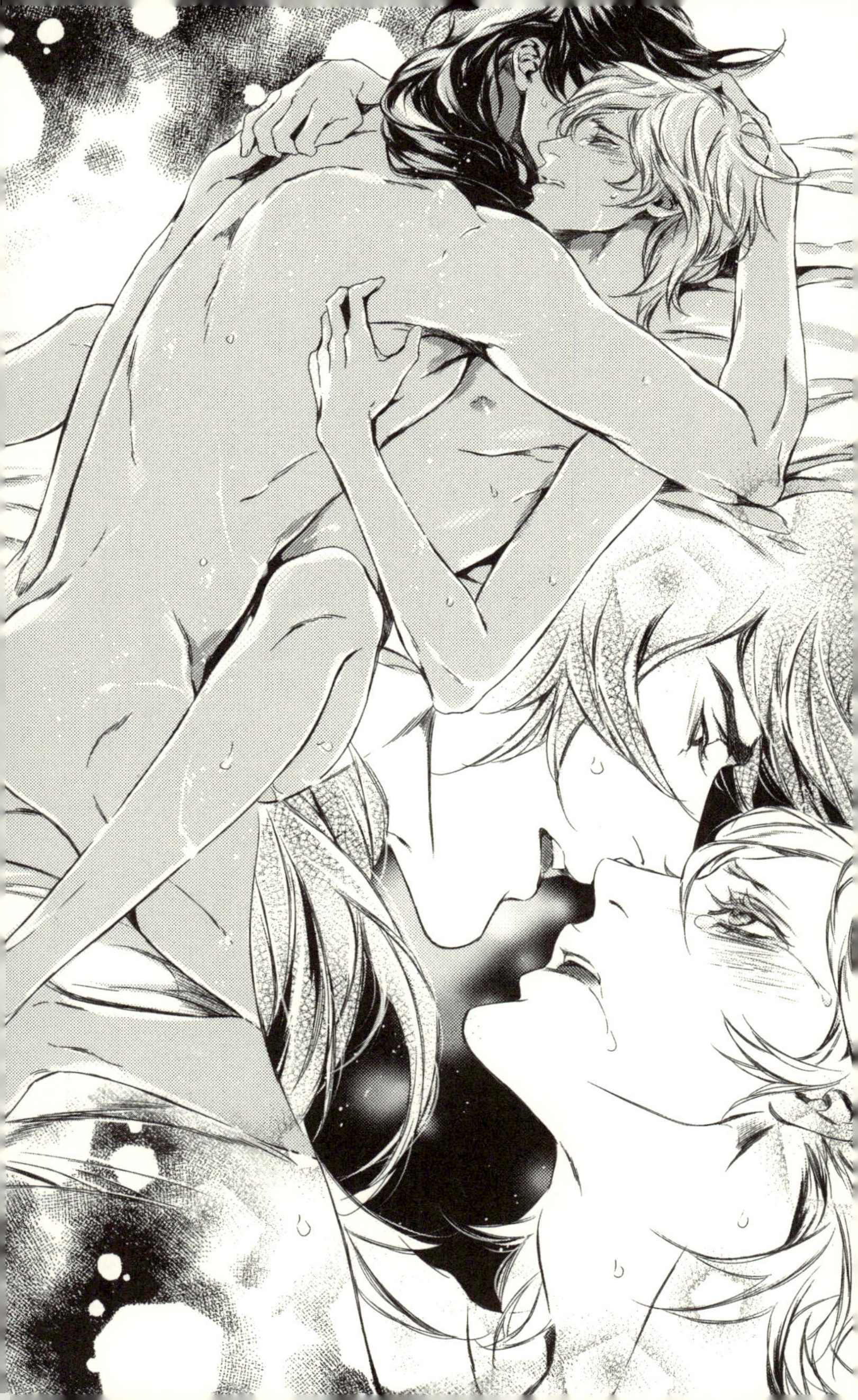

れているようで、気を抜くとうとうとと眠りそうになる。

ヴィルトの腕に頭を預けて、ときおり彼が髪を梳いてくれるのを感じながら、ユーリは眠気に抗って口をひらいた。

「今日のことだけ、ってヴィルトは言ったけど」

高い嬌声をあげっぱなしだった喉がかすかに痛い。けれど、それさえ、まるで幸福の証《あかし》のように今は思える。

「僕は、全部忘れないことにします」

「――全部、ですか？」

少し困ったように、ヴィルトはユーリの顔を覗き込んでくる。ええ、とユーリは微笑む。

「だって、初めて……バルグリアに行く前の日に、あなたが初めてくれた言葉を忘れたくないんです」

「初めて？　どれのことですか？」

思い出そうとするようにヴィルトの眉が寄り、ユーリは手を伸ばしてそこに触れた。あたたかいかと思ったヴィルトの皮膚は、ほとんど温度が感じられなくて、ああ同じくらいの体温なんだ、と思ったら、それがひどく嬉しかった。

「居場所が、できた気がしたんです。あなたが、きっと帰ってこられる、待っていてくれると言ったから」

一つのもののように同じ温度が心地よい。すっぽりと抱かれて、足りないものはなにもない。

「——言いましたね。私も、一時とはいえ、あなたと離れるのが惜しかったから」

「本当に嬉しかったんです、あれ。それまでずっと、どこにいても、そこにいてはいけないような気がしていて——寂しかったから」

「……今は、寂しくありませんか？」

頬に、ヴィルトの手のひらが添えられる。ほんのりとあたたかく感じるその手に撫でられて、ユーリは微笑んだ。

「寂しくないです。だから——最初はあなたのことが嫌いだったことも、眠るまで手を握っていてくれたことも、全部、忘れたくない」

「ユーリ様」

ヴィルトの手がさまよって、ユーリの手を探した。探し当てられて握りしめられて、ユーリは静かに握り返した。

「あなたを、私の生涯の伴侶《はんりょ》にしたい」

抑えきれないように熱のこもった声だった。

「こんなに美しい人を、私は他に知りません。——どうか、生涯、あなたのそばに私を置いてください」

しっくり指が嚙みあって、まるで探していたピースを嵌め込んだみたいに、すとん、と実感が湧いてくる。

「あなたの居場所として。あなたを、守るものとして」

誓いのような言葉が身体中に沁みた。

ヴィルトの腕の中が、自分の居場所だ。ずっと探していた場所。いることを許された、眠っても笑っても、泣いてもいい場所。

「――僕の、ほうこそ」

うまく笑えているだろうか、と思いながら、ユーリはヴィルトの瞳だけを見つめて応えた。

「ずっとそばに、いさせてください」

『ジェームズ・リッカーさま
突然大学をやめることになって、連絡もできずにごめんなさい。
父の容態が悪くなって帰国しましたが、
今は父の状態も落ち着いています。
仕事につくことになったので、イギリスには戻りませんが、
慣れたら、またそちらに行きたいです。
そのときは、会えるのを楽しみにしています。
もしきみが興味があれば、クルメキシアにも来てもらいたいです。
文化がまったく違うので、
学術的にも、少しは楽しんでもらえるんじゃないかな。
来るときは、ぜひ僕に街や観光スポットを案内させてください。
ユーリ
追伸：僕にも、とても大切な人ができました。』

最後の一行が唐突すぎないだろうか、と考え込んでいるあいだに、後ろからヴィルトが「すみませんが」と重々しい声を挟んできた。

「最後のところは、『僕にも夫ができました』と書き換えてください」

「ど、どうして！　嫌ですよそんなの！」

ぱっと赤くなって振り返ると、ヴィルトは眉を寄せて姿勢を正した。

「嫌ですか？　でも、ずっとそばにいたいと言ってくださったではありませんか。あれはカシェルにとって夫婦の誓いの言葉も同然です。それに、性交時の位置からして妻はユーリ様の、」

「いやです、ってば！」

午前中の、健全な時間帯にもかかわらず、そして部屋のドアのすぐ脇には従者が待ち受けているにもかかわらず、平然と恥ずかしい単語を口にするヴィルトを、ユーリは思いきり睨んだ。

そうするとヴィルトは困ったように肩を落として、残念そうな表情になる。

「……では、百歩譲って私が妻でもいいです」

「そ、そういうことじゃなくて」

「とにかく、私たちが伴侶であり、切っても切れない間柄であると明記しておいてください。ジェームズ・リッカー氏は男性で、イギリスでユーリ様が一番仲のよかった友達だと言いましたよね？」

どことなく恨みがましい目で見下ろされて、ユーリはそわそわと耳を引っぱった。

「うん。明るくて、すぐ誰とでも仲良くなれるいい人ですよ。勉強もよく一緒にしてたんです。ヴィルトとも、会ったらきっとすぐ仲良くなれると思います」

「油断がなりません、やっぱり」

座った椅子の背ごと、ヴィルトはぎゅっと抱きしめてくる。

「もう絶対に他人に取られるのは嫌なんです」

「ジェームズはただの友達です」

ユーリは自分の胴に回されたヴィルトの腕に触れた。

身体がふわっと浮きそうな落ち着かなさが不思議だった。ジェームズにまで焼きもちを焼くヴィルトがなんだか可愛くて、そんな彼に抱きしめられていると、くすぐったいように嬉しくなってしまう。

こんなに、想われている。

夢みたい、と思いながら、ユーリはそっとマウスを動かして、すばやくメールを送信した。

「あっ……修正しないまま送りましたね！　訂正のメールをしてください」

めざとく気づいたヴィルトが悔しそうな声をあげたが、ユーリは大丈夫ですってば、と笑った。

「今度会えたら、直接言うことにしますから」

なんとなく、ジェームズとはすぐに会えそうな気がした。ジェームズのことだから、このメールを見たらすぐに来たいと言ってくれそうだし、それが無理でも、イギリスに行けば必ず会える、と思える。

こんなふうにヴィルトと二人で過ごせるようにさえなったのだから、たいていのことは、なんでも実現可能な気がした。

「——それでしたらいいです」

渋々といった様子でユーリを離したヴィルトが、時計を確認した。

「まだかかりますか？」

ユーリも時計を確認した。出発の予定時間まではまだ少し間がある。本当は、全部昨日の夜のうちにすませるつもりだったのだが、訪ねてきたヴィルトにつられてメールどころでなくなってしまったのだ。

優しいけれど情熱的なキスと、それに続くあまい睦言《むつごと》を思い出してちょっと赤くなりながら、ユーリは新規のメール画面を立ち上げた。

今日からしばらくは、カシェルの地域へ視察に行くのだ。山岳地帯ではネットの通じていないところも多いというから、できるだけ今日中に連絡をしてしまいたかった。

「あと一通だけ、送りたいんです。ターイルに」

言ってから、しまったと思ったがもう遅く、ヴィルトが盛大に顔をしかめて聞き返した。

「ターイル?」

「……あー、うん、ええと、ジダル卿のところにいた側近みたいな人です。あの人だけ、僕に親切に──」

「それはメールしなくていいです」

怖い顔をしてヴィルトは、ばたんとノートパソコンを閉じてしまった。

「どうしても、というなら私がメールします」

「──もう」

苦笑混じりに、ユーリは立ち上がった。残念だけれど、ターイルにはあとで連絡しよう、と思う。かわりに今は、ひどく心配性になってしまった大切な人のために時間を使うことにして、ぎゅ、とヴィルトを抱きしめる。

「そんなに心配しないでください。僕が──その、好きなのはヴィルトだけですから。それとも、信用できませんか?」

「……信用はしています。ただ、ユーリ様はご自分の魅力に無頓着なので」

ヴィルトは複雑な表情を浮かべて、ユーリの腰を引き寄せる。そっと顔を撫でられて、馴染みつつあるその感触にユーリは目を細めた。

「実は、村に帰るのも心配なのです。ユーリ様の虜《とりこ》になる人間がこれ以上増えたら困りますから」

「行かなかったら蝶も見られませんよ」

誰も虜になんてならないのに、と思いながら、ユーリはヴィルトの胸に頬を押しつけた。

「僕は、早く行きたいです。ヴィルトがたくさん話してくれたから、楽しみで。今の季節は、苺《いちご》がおいしいんでしょう？」

「ええ、それはもう」

ユーリの背中を撫でて、ヴィルトは声を和らげた。

「私の家族にも会っていただきたいですし、母は料理がうまいので、ユーリ様にもきっと気に入っていただけると思います」

「ヴィルトの村に行けることになって僕も嬉しいです」

「……謹慎が早くにとけて、こうしてユーリ様と同じ仕事をできるのが光栄です」

身体に直接響くヴィルトの声は感慨深げに聞こえた。

カシェルの地域の視察は、ユーリの公務ということになっていた。日程の最後には、ヴィルトの生まれ故郷の村も訪ねる予定だった。

アゼールがどう長老会と折り合いをつけたのか、ヴィルトの謹慎も先日晴れてとけたばかりだ。相変わらず尊大で不機嫌そうな態度のままのアゼールに呼び出され、ヴィルトと一緒に仕事してこい、と言われたときは、ひどくびっくりした。

驚いたけれど、今は、ヴィルトの言うとおり、アゼールも優しい人間のように思える。父も我が事のように喜んでくれて、ユーリは出発する今日を待ちわびていた。その分、緊張もするけれど。

「いつかお話しした朝焼けもお見せしたいです。早起きしなければいけませんが」

「早起きします、ちゃんと」

あたたかく、力強く打つヴィルトの鼓動を聞いていると、緊張は緩やかにとけていく。あと少しだけ、と思って腕に力を込めて、ユーリはゆっくり息をした。

「朝焼けも、苺も、蝶も——いつか、アゼール様や、他の兄弟にも見てもらえたらいいですね」

「……ええ、そうですね」

「ジェームズにも」

「ええ、ユーリ様。きっとすぐです」

励ますようにヴィルトは言ってくれて、ユーリは彼から離れた。

どちらからともなく促しあってドアのほうに歩きながら、ヴィルトがすばやく身をかがめた。

さらりとユーリの唇をかすめて、なにげない顔で姿勢を正すヴィルトの横顔を見上げ、ユーリは心から笑った。

銀の王子は
蜜月に愛を結ぶ

子供の足でも登れるくらいですから、と爽《さわ》やかに言われたので、なんとなくのんびりした山道を想像していたユーリは、目の前に立ちはだかる大きな岩を見上げて額の汗を拭《ぬぐ》った。

（そんなに、体力ないほうじゃないと、思ってたんだけど）

思った以上に息が切れる。草のまばらな岩地は傾斜がきつく、手も使って登らないと身体が安定しないところも多かった。

こんなところを、子供の頃のヴィルトは登ったり下りたりしていたのかと思うと、なんだか負けたようで悔しい。

息を整えて、よし、と一歩踏み出すと、上の岩の陰からヴィルトが顔を出した。

「大丈夫ですか？　ユーリ様」

「大丈夫。ちょっと息が切れただけです」

逆光で表情は見えないが、声はひどく心配そうだった。ユーリは彼を安心させるために笑ってみせたが、ヴィルトは岩をかるく飛び越えるようにして、ユーリの元まで下りてきた。

「カシェルの暮らす場所は標高が高いので、慣れないうちは無理をしないほうがいいです。気分は悪くありませんか？」

「うん……大丈夫」

「少し休みましょう」

ヴィルトはユーリの手を引いて、路《みち》とも呼べない路を少し外れ、低い灌木《かんぼく》のわずかな木陰に連れていってくれた。

初夏の眩《まぶ》しい陽射しが遮《さえぎ》られると、急に喉がかわいていたことに気づく。それほど激しく汗をかいた気はしなかったのに、防風用のマントを緩《ゆる》めると、火照《ほて》った肌に乾いた風が心地よかった。

「水を」

「ありがとう」

差し出された水筒の蓋《ふた》を受け取って、なみなみと注がれた水に口をつけると、冷たさが喉から伝わっていく。一息に飲み干してしまって、ユーリは大きく息をついた。

「村で五日過ごしたから、慣れたと思ってたんだけど」

「普通に生活をするのと、激しい運動をするのはまた別ですよ。でも、顔色はいいようです」

医者さながらにヴィルトはユーリの目を覗《のぞ》きこみ、首筋に手を宛《あ》てがって脈まではかられて、ユーリはくすぐったさに身を捩《よじ》った。

「ヴィルトは全然平気なんですね。さすが」

「もともと生まれた場所ですから」

微笑《わら》って、名残惜《なごり》しそうにヴィルトは手を離す。すらりと立ち上がって空を仰《あお》ぐ仕草を、ユーリは目を細めて見上げた。

一つに括《くく》った長い髪が、風になびいている。

万が一の際に遠くからも見つけやすいよう、黒い防風マントの裏は鮮やかな赤で、その出《い》で立ちがいっそう、彼の精悍《せいかん》さを引き立てていた。普段からどこか豹《ひょう》のような、しなやかな強さが感じられるヴィルトだが、こうして険しい山の中にいると、それがしっくりと馴染《なじ》んで見える。

子供の頃も、一人でこんなふうに、遠くを眺めたりしていたのだろうか。

訊《き》いてみてもよかったのだが、ユーリは黙っていた。絵のように美しい景色とヴィルトの調和を、乱してしまうのが惜しいような、怖いような気がした。

ここにいるヴィルトはとても自然だ。村でも、ヴィルトの両親や兄弟、それに「兄弟家族」と呼ばれる一番親しい家族たちはみんな、ヴィルトが村に帰ってきたことを喜んでいた。数年ぶりだとヴィルトは言ったが、久しぶりだとは言われなければわからないほど、彼らは強い絆《きずな》で繋《つな》がっているように、ユーリには見えた。

彼らはヴィルトをもてなすだけでなく、ユーリのことも、想像以上にあたたかく迎えてくれて、この五日間はとても楽しかった。明日には山を下り、王宮に戻らなければいけないのが惜しいほどだ。

たった一つのことを除いて、夢のように楽しい日々。

お祭りのように賑《にぎ》やかな夕食を思い出していると、ふ、とヴィルトが振り向いた。

「もう少し登ったら下り道になります。湖につけば、ここよりもっと過ごしやすいですから、のんびりできますよ」

「うん。——もう平気です、行きましょう」

立ち上がると、支えるためにヴィルトが手を差しのべてくれる。支えがなくとも歩けるのだが、心遣《づか》いが嬉しくて、ユーリは素直にその手を握った。

嬉しいのに、一抹《いちまつ》の寂しさを感じている自分が、嫌だった。


ヴィルトの生まれた村を訪ねるのは、山の民《カシェル》の生活の実態を知り、いっそうの融和をはかる、という目的をかかげた公式の訪問の一貫だった。

明らかに異国の血が混じっているとわかるユーリが、外国人の少ないだろう山間の村でどう受け止められるのか少しだけ心配だったのだが、ヴィルトが一緒だったおかげか、最初からみんな歓迎ムードだった。

視察のベースになる、村よりも高度の低い大きめの町では、訪問した先の小学校で子供たちに驚きの目で見られたり、遠慮なくじろじろと胡散《うさん》臭そうに見られることもあったのに、一昨日村についたときから、なんだかもったいなくなるほど陽気に迎え入れられて、却《かえ》ってユーリが戸惑《とまど》うくらいだった。

村に残る古い斎場《さいじょう》の跡や、文書に残っていない言い伝えを話してくれるおばあさんの家を訪ねたりするあいだも、たくさんの人が入れかわり立ちかわりついてきては、あれこれと世話を焼いてくれた。きっと、ずっと隣にヴィルトがいてくれたからだろう。ヴィルトに対する親しみが、そばにいるユーリにまで及んでいるのだろうとは思ったが、山の上の湖まで蝶《ちょう》を見に行きたいと言ったら、お弁当まで用意してくれるとは思わなかった。

「気をつけていってらっしゃいね」と、実の息子にするようにヴィルトの母に手を握られ、懐《なつ》かしい感覚に胸が熱くなった。

ヴィルトがどう言ったのか、今日は二人きりだ。

公務として出発して以来約一ヶ月、二人きりになるのはこれが初めてだった。それがユーリはひそかに嬉しくて仕方がなかった。

湖までは一時間もあれば行けると言われて、せっかく二人きりなのだからもう少し長くかかってもいいのに、などと出発する前は思っていたのだが。

「もうすぐですよ、ユーリ様」

岩肌の目立つ表の斜面から一転、峠《とうげ》を越えて下り坂に入ると、樹木が目立つようになった。岩と木と草の入り交じる中を走る細い獣道を、ヴィルトはなんなく見分けて下っていくのだが、上り同様下りもけっこうな坂で、ユーリは慎重な足取りにならざるをえない。

休んでせっかく治まっていた息も上がっていて、早くつかないかと思いはじめていたユーリは、ヴィルトに手を引かれ、「そこの茂みを抜けたら、すぐつきます」と言われてほっとした。

ようやく平坦になった道を行き、背よりもわずかに高い木々と、苔《こけ》のような草がびっしり生えた岩のあいだを抜けると、言われたとおり、急に視界がひらけた。

「わ……」

手前側は緩やかな砂地が水に向かって続いているが、複雑に入り組んだ向こう岸は、水のすぐ際《きわ》まで岩と緑が迫っていた。

碧《あお》い、磨《みが》かれたような湖面に、緑と右手に見える峰と、青い空が映《うつ》っている。

すうっ、と湿った涼しい風が抜けてきて、ユーリは水辺まで歩み寄った。

赤っぽい砂礫《されき》が透明度の高い湖に吸い込まれるように消えていて、とても美しい。かがんで触れてみるとひどく冷たくて、気持ちよかった。

「すごい、綺麗……水がこんなに冷たいなんて思いませんでした」

「冷たいので、真夏でも泳ぐには向いていないんですよ」

さくりと砂を踏んで隣まで来たヴィルトが、右側を指差した。

「向こうに、細い川が流れ込む場所があります。その沢地あたりに、蝶がいるはずですよ」

「いるかな、銀色の蝶」

ヴィルトが毎年楽しみにしていたという蝶だ。疲れも忘れてユーリはうきうきと立ち上がり、先導してくれるヴィルトの背中を追いかけた。

数分も歩くと、目差す先の、低く張り出した木の枝の先に、ひらり、と舞う影が見えた。

「いた！　今の、蝶だよね」

思わず声をあげるのと前後して、もう一つ、二つと影が上下した。ひらひらと、風にたゆたうように飛ぶその蝶は、歓迎してくれるようにユーリたちに近づいてきて、また戻っていく。

舞い踊る蝶に励まされて、岬のように湖に突き出した岩場を越え、張り出した木の枝をくぐると、小さな湾のような場所に出る。

岩肌を縫うように細い、川と呼べないほどのささやかな流れがあって、その上で、何羽も蝶が羽を休めていた。

「綺麗……」

空中には日の光と戯《たわむ》れるようにして何十羽となく蝶がいる。黒い羽に白と橙色《だいだいいろ》の模様が控えめに入った、羽の幅が七センチほどの蝶だった。

「ほんとに、たくさんいるんですね」

音もなく羽ばたいて行き交う蝶は、どこか幻《まぼろし》めいていた。人を見慣れていないのか、手を差しのべても特に逃げる様子もなく、ふわふわと流されては羽ばたいて飛び、思い思いの方向に飛んでいく。

「まだ夏の初めですから、少ないほうです」

「真夏はもっと多いんですか？」

「この沢に、びっしりとまっていることもありますよ」

川の近くまで下りて、ヴィルトは水を汲《く》んでボトルに収めた。水質検査用に持ち帰るのだという。

ユーリは手をかざして眩しい空を見上げながら、飛ぶ蝶の中に銀色の——他と違う蝶がいないか目を凝《こ》らしたが、入れかわり立ちかわり休みにやってくる蝶はどれも黒い。後翅《こうし》のほっそりした特徴的な蝶はかたちが美しく、それを見ているだけでも楽しいけれど。

「やっぱり、銀色のはいませんね」

見ると幸せになれるという銀色の蝶を、もしかしたら見られるかもしれないと期待していた。

今よりも幸せになりたいわけではない。でも、今が幸せだからこそ、見られたらいいなと——少しだけ、思っていたのだ。

ヴィルトが砂地に敷布《しきふ》を広げながら、ユーリを一瞥《いちべつ》して笑った。

「私には見えますよ」

「え、どこ？」

ユーリは慌《あわ》てて振り仰ぐ。だが、眺めてみてもどの蝶もやっぱり黒で、もう一度「どこですか？」と訊こうとして。

そっと、後ろからヴィルトに抱きしめられた。

「綺麗な銀色の、私の幸福の蝶ならここに」

笑み混じり、楽しげなヴィルトの声が耳をくすぐった。さっと身体が熱を持ち、ユーリはおずおずと体重を預けた。抱きしめられるのも久しぶりだ。

二人きりになるのは今日が初めてなのだから仕方ないのだが、この一ヶ月キスさえしていなくて、本音を言えば、ユーリは少しだけ寂しかった。

仕事をしているあいだはいい。

けれど、夜、ホテルの部屋で一人きりになると、そわそわと落ち着かなくて、ヴィルトが隣にいてくれたらいいのに、と何度も思った。

もしかしたら、ヴィルトがこっそり来てくれるかもと思ったこともある。けれど彼が訪ねてくることはなく——自分から彼の部屋に行くのはまるで甘えているように思えてできなかった。

それでも一度だけ、どうしても彼と離れがたくて、下手なデートの誘いみたいに「よかったら部屋でお茶でも飲みませんか」と誘ってみたのだが、ヴィルトに礼儀正しく、しかしきっぱりと断られてしまったのだった。

ユーリは内心かなり落胆したのだけれど、ヴィルトはといえば、一度も寂しそうな様子を見せることなく、いつもと同じように細々《こまごま》と自分の世話を焼いてくれていて、それも寂しかった――と言ったら、贅沢《ぜいたく》だろうか。

生まれて初めて好きになった人と、本当は少しも離れていたくない。

強欲《ごうよく》だと自分でわかっているその欲求は、押し殺すとせつないような気持ちにすりかわって、充実していた公務期間で唯一の、楽しくないできごとだった。

それが今、やっと、触れあっている。

久しぶりだ、と思うときゅっと胸が捩れる気がした。

(背中、あったかい)

「ヴィルト。――あの、」

キスがしたくて、ヴィルトの目が見たい。

でも、それを口に出すのははしたない気がするから、ユーリは口ごもる。そういうことばかり好きみたいに思われるのは嫌だった。ただでさえ、自分の身体が淫《みだ》らだという自覚があるのだ。

ヴィルトには、いやらしいと思われたくない。今さらかもしれないけれど。

ヴィルトはユーリを好きだと言ってくれたし、その気持ちを疑ったことはない。でも、ユーリのように、飢えているような状態にはきっとならないのだろう。

（やっぱり僕、いやらしいのかな）

もじもじと身じろぐと、「食事にしましょうか」とヴィルトはユーリから離れた。ああ、もったいないな、と思いながら、ユーリは努力して微笑んだ。

「お腹がすきました」

「いいことです。ユーリ様は小食でいらっしゃるから」

「普通だと思います……ヴィルトの弟さんたちに比べたら少ないかもしれないけど」

「ユーリ様がいらして、多少はしゃいでいたんだと思いますよ、みんな」

笑いながらヴィルトが食べ物を並べてくれた。

ヴィルトが背負ってきたリュックの中にはいろんなものが入っていたらしい。水の入った水筒とは別にお茶の水筒があり、食事用のナプキンとスプーンまで出てくる。

かごにはもちもちしたパンに羊肉と香草を挟《はさ》んだサンドイッチ、金属製の箱の中には野菜と肉を煮込んでチーズを載せたものが入っていた。風味を増すために向日葵《ひまわり》油をかけたサンドイッチにかぶりつきながら、ユーリは訊いてみた。

「実は、村でこんなに歓迎してもらえるとは思っていなかったんです。僕はこんな見た目だし、それに、クルメキシアの王家の人間なんて嫌だっていう人もいるのかと。――ああやって、お客さんをもてなす習慣があるんですか？」

「客をもてなすというより、今回のは『家族』に対するもてなしですね」

お茶を注いでくれながら、ヴィルトはユーリの顔を見た。

「初日に、私の『兄弟家族』を紹介したでしょう？　カシェルは昔、男性が春から夏にかけて山の中を転々として暮らしていた歴史があるせいで、父親同士が強い絆で結ばれた家族は、お互いを特別な家族として、助けあって暮らす風習があったのです。今も残っているところはさすがに少ないですが」

「兄弟家族、ってそういうものだったんですね」

「カシェルの男性は本来、新しく家庭を持つときに、自分の家族と兄弟家族になれる家族を探し、絆を築かなければなりませんでした。たいていは、幼なじみとか、もともと兄弟家族だった家の兄弟が新しく作る家族がそうなりますね。兄弟家族同士は、家族のメンバー誰もが大切な相手ですが、特に家長同士は、お互いになにかあったときには、あとを託す相手になりますから、非常に特別な相手なのです」

「特別な相手、ですか。――素敵ですね」

ヴィルトにとってはアゼールが、そういう感じなのかなとユーリは思う。ほんのり湧《わ》き上がる寂しさを堪《こら》えて、差し出されたお茶を受け取って口をつけると、ヴィルトはなぜか愛おしげに目を細めた。

「今ではもう昔のような生活スタイルではなくなりましたから、兄弟家族が残っているのは珍しいことです。でも、そういう特別な人間がいることは、カシェルにとって誇るべきことだということに変わりはありません。その相手のことを、カシェルの言葉ではユーイ、と言います。響きが、少しユーリ様の名前と似ていますね」

「あ、だから、もしかして親しみやすかったんでしょうか」

「それもあると思いますが」

くすくすと笑いを押し殺しながら、ヴィルトは手を伸ばしてくる。やんわりと巻き毛に指を絡められ、つきん、と心臓があまく痛む。

「きっと、私のユーイがユーリ様だと、伝えていたからだと思います」

「――え？」

「心を預けられる、すべてを捧げられる相手はユーリ様だけですから、ここに戻ってくる前に知らせておきました。私は長いこと、特別な相手はいないとだけ言って家族をやきもきさせてきたので、今回、こんなに素敵な人を連れて帰ってきたのが、家族も嬉しかったのだと思いますよ」

「それって、……じゃあ、」

ヴィルトの指先が頭皮をかすめて、心地よさに首を竦めてしまいながら、ユーリは混乱しそうな頭を整理する。ユーイ、は特別な相手で、それはお互いに家族があって。

「――僕に、家庭を持てってことですか？」

「ユーリ様がどうしてもそうされたいならかまいませんが、私としてはおすすめしたくないですね」

悪戯《いたずら》っぽく目を輝かせ、ヴィルトはにじり寄るように、ユーリとの距離を縮めた。

「ユーイ、は、他にかわりのない、強い絆をもつもの、という意味です。私にとって、ユーリ様はかけがえのない方ですから——生涯、あなた以外に愛を誓う気はありません」

「ヴィ、ルト」

「だから、そんな寂しそうな顔をなさらないでください」

顔の距離が近い。鼻先が触れあいそうな近さで低く囁《ささや》かれて、細かな泡《あわ》が立ちのぼるように、身体の底から喜びがこみ上げる。

「——僕、ヴィルトの家族にも、受け入れてもらえたっていうことですか？」

「ええ」

「ヴィルトの、大事な人として？」

「ええ、そうです」

なんでもないことのようにヴィルトは頷《うなず》いたけれど、それはとても大きな意味のある、重大な決断だったはずだ。

普通の、クルメキシア人の女性ならともかく。

「恥ずかしく、なかったですか」

「なぜですか？」

「だって、僕は男だし、髪も金色だし、目の色も違うし、背格好だって、全然、カシェルとも違うし」

クルメキシア人らしくもないです」

「どれも、なにも恥ずかしくはないでしょう。母や父や、兄弟たちが、あなたを見て嫌な顔をしましたか？」

「——しません、でしたけど」

「では、喜んでください。……私の特別な相手では、嬉しくありませんか？」

「嬉しいです」

嬉しい、と言うのに躊躇《ためら》いはなかった。それは紛《まぎ》れもない本心で、ユーリが心から感じられる、一番強い喜びだ。ヴィルトのそばにいられること。その目を見つめられること。

「……嬉しいです。すごく」

引き寄せられるように、ユーリはヴィルトの唇に自分のそれを寄せていた。

だが、ほんのかるく、温もりを感じるか感じないかでヴィルトはユーリを押し返してしまう。

ひやりと、氷を飲み込んだように身体が冷えて、ヴィルトはばつの悪そうな顔をした。

「すみません。でも、とまらなくなりそうなので」

「——とめないと、駄目ですか」

せつなくなって、ユーリはヴィルトの服を摑んだ。

「キスを、したいって思うのは、駄目ですか?」

愛しあえていると確認したら、抱きしめあってキスをするのが普通なような気がしていた。今、ヴィルトの目の中にも確かに愛情がきらめいていて、そういうときは抱きしめてくれるものだと、思っていた。

王宮にいるときは、確かに、ヴィルトもそうしてくれていたのだ。

「も、もしかして、なにかカシェルのしきたりとか、禁止事項とかありますか? だから、山に来てから一度も、」

「違うんですユーリ様」

困った顔をしてヴィルトは両手をかるく上げた。迷った挙《あ》げ句《く》にユーリの肩に手を添えて、言いにくそうに切り出す。

「その、大変嬉しいのですが、ここは標高が高いので」

「うん? 最初に、そう聞いてましたけど」

「つまり、急に激しい運動をすると、具合が悪くなる可能性があります」

「? そうみたいですね?」

意味がよく呑みこめなくて、ユーリは首を傾《かし》げた。それを見て、ヴィルトが盛大にため息をつく。

「性行為は、激しい運動に相当します」

「――あ……」

言われている意味にやっと気づいて、ユーリは赤面してしまった。

「あの……じゃあ、もしかして、一回お茶に誘ったら断られたのも、」

「そうです。うっかりユーリ様に煽《あお》られてしまって、自制できなくなったら大変ですから。……もともと、自制心には自信があったのですが」

きまり悪そうにヴィルトが呟《つぶや》いて、視線を逸《そ》らす。

「そんなわけなので、キスは控えていただいたほうがよろしいかと」

「僕、そんなにやわじゃないです」

わかりました、と頷けばいいのに、ユーリはついそう言っていた。

我慢できない、と強く思い、そういう自分を半分恥じながら、半分では、それでもいい、と思う。

はしたなくてわがままでもいい。だって、せっかく――ヴィルトも触れたいと思ってくれているのに。

他の人とは違う、特別な人とは、いつもどこかを触れあわせていたい。きっと誰もがそう思うから、ロンドンのパブでも、みんな手を繋いだり、キスしていたりしたのだろう。彼らの気持ちが、今ならユーリもわかる。

ヴィルトに、触れたい。

「ここまで登ってきても、具合は悪くなってないです。だから、きっと大丈夫です」

逃げるように背《そむ》けられたヴィルトの顔をつかまえて、ユーリは顔を傾けた。

斜めに、見よう見まねでキスをすると、強く肩を摑まれて——突き放されるかわりに、ぐっと身体を引き寄せられた。

色っぽく掠《かす》れたヴィルトの声に、ざわりと身体の内側がうごめく。ユーリは熱を帯びた息をついて、ヴィルトのシャツのボタンを外した。

「ユーリ、様」

「ヴィルトも、こうやって、僕が触ったら嬉しいですか？」

張りつめた筋肉を覆う皮膚《ひふ》を、そっと手のひらで撫でる。じっと自分を見つめるヴィルトの目が、怖いほど強いきらめきを宿していて、それを見るだけで背筋がぞくぞくした。

「僕、は、嬉しいです」

もう少しうまくしゃべれたらいいのに、と思いながら、ユーリはヴィルトの肩に口づけた。話すのは下手だから、せめて態度で、気持ちが伝われればいいと願う。

「こうやって、キス……されると、すごく、嬉しく、なるんです。もっとしてほしいって、思うくらい」

ぎこちなく唇を押しつけては離す、つたないキスを数回繰り返すと、ヴィルトが低く唸《うな》るようにユーリを呼んだ。

「ユーリ様。それ以上は本当にとめられなくなります」

「いいのに」

「駄目です」

ユーリの身体を引き上げるようにして、ヴィルトが抱き直す。そうしながら深く唇をあわされて、舌が差し込まれ、ユーリは背中をくねらせた。

「ん……ン、」

彼の手がユーリのズボンの紐を引っぱってほどいて、期待と羞恥《しゅうち》が絡みあう。

座ったヴィルトの膝の上に、向かいあうかたちで抱き上げられ、舌で口の中をかき回されると、久しぶりの苦しさと嬉しさでいっぱいになる。ちゅ、ちゅ、と何度もついばまれる音も、快感のように神経を撫でていく。

「せっかく私が我慢していたのに、誘惑したりして、いけない方だ」

艶《つや》めいた目に見据えられ、ひくん、と喉が鳴る。

「ごめんなさい。僕……はしたない、ですよね」

「いいえ。逆だから、困るんです」

呟いて、ヴィルトはもう一度キスをする。

「高潔で美しいので、いつも汚してしまうようで怖いのに、歯止めのきかない自分が恐ろしいです」

自嘲《じちょう》と浅い息の混じる声はひどく色っぽく、かるく彼の昂《たかぶ》りを押しつけられて、ユーリはぞくぞくと背筋を震わせた。

とろけて潤《うる》んでしまったユーリの目を見つめて、ヴィルトは囁く。

「下が、岩で硬いので——このまま」

服をたくし上げられ、ユーリは小さく頷《うなず》いた。こんな体勢でちゃんとできるのだろうかと不安になったが、余計《よけい》なことを言って中断したくなかった。

ヴィルトは緩く勃《た》ち上がりかけていたユーリのものを握ると、少し苦しげに笑った。

「すみませんが、なにも準備がないので、ここだけにしましょう」

ここだけ、と言いながら擦られて、じゅくん、と疼《うず》くように感じた。思わず腰を浮かせて息をつき、ユーリは首を振る。

「でも、そしたらヴィルトが」

「では、ユーリ様が——手を使っていただけますか？」

あまく、どこか試すように問われて、ぼうっと首筋まで熱くなる。手で、したことはない。けれど、何度もヴィルトにされたから、どこをどうすれば感じるのかは、よくわかっていた。

返事のかわりにヴィルトの下肢に手を伸ばし、前をくつろげると、逞《たくま》しく屹立《きつりつ》したものが飛び出してくる。

初めてまじまじと見るヴィルトの分身に、ごくん、と喉が鳴った。

いつもこれがユーリの内側に収まって、動いて、ユーリの快感を暴《あば》きたて、気絶しそうな高みへと導いてくれるのだ。

両手で包むように触れると、それははっとするほど熱かった。薄いなめらかな皮膚を通して脈打つのがわかり、ユーリはそろそろと指を巻きつけるように締め、手を上下させてみた。

「っそう……、お上手ですよ」

褒《ほ》められて、お返しのようにユーリの幹の、くびれた部分を撫でられる。しゅっしゅっ、と続けてリズミカルに扱《しご》かれるのにつられるように、ユーリも手を動かしていた。

「はっ……あ、っ、は」

巧みに先端を弄《いじ》られて、ユーリはたちまち濡れてしまう。けれどいつものように与えられる快感にだけ溺《おぼ》れるわけにはいかず、もっと強く刺激されたい欲求と、我慢しなければという自制心がせめぎあう。

懸命に息を吐きながら、ユーリは両手を使って、大きなヴィルトのものを愛撫《あいぶ》した。

ヴィルトがしてくれるようにくびれのところをたっぷり擦《こす》り、張り出した部分の浅いスリットを優しく弄って、根元からくびれまではテンポよく扱く。

ユーリが震えてしまうほど気持ちいい裏の筋はヴィルトにも気持ちいいらしく、そこを擦るとぐんと張りが増すのが誇らしい。

じわりとヴィルトの先からも液が滲《にじ》むと、ユーリはほとんどうっとりした。

「よか、った……ヴィルト、も、気持ちよくて……」

「ユーリ様も、もっと感じてください。いつもならもっと、たくさんここから蜜が零れるでしょう？」

秘めやかに微笑《ほほえ》まれ、かるく先端に爪を宛てがわれて、ユーリはびくびくと震えた。

「あっあ……、だめ、そうしたら、すぐ……っ」

「先に達してしまうのは嫌ですか？」

「うんっ……一緒、いっしょが、」

ぬるぬるとすべりはじめた手でユーリはヴィルトを包み直した。

ヴィルトに刺激される性器が痺《しび》れてしまいそうなほど気持ちよくて、ともすれば力が抜けそうになるのを、ヴィルトのためだから、と堪えようとする。

ヴィルトのことも、気持ちよくしたい。ヴィルトがいつもたくさん愛してくれるように、ユーリの気持ちも彼に伝わるように。

自分が一番好きなくびれたところと、先っぽばかりを愛撫する。

ヴィルトも同じようにユーリのものを握り込み、追い上げるように窄《すぼ》めた輪で先端を刺激されて、
ユーリは必死に唇を噛んだ。

「んうっ……ん、ふ、ぅ、」

達《い》きたい。でも、ヴィルトはまだだと思うから、我慢したい。

むずむずするような快感は容赦《ようしゃ》なく高まってきて、ユーリが首を振った。

「待って、ヴィルト、……っ、あ、アッ……！」

ヴィルトの名前を呼んだ瞬間にぐりっと鈴口を刺激され、びくん、と全身が戦慄《おのの》いた。勢いよく飛び出してしまうものをとめることもできず、ユーリは下腹部を波打たせて吐精《とせい》してしまう。

「はっ……あ、ぁ、あ……ごめん、なさい」

大きく喘《あえ》ぎながら、ユーリはゆるゆるとヴィルトのものを扱いた。

「僕、だけ……っ、ん、」

「いいんです。でももう少しおつきあいください」

「アッ、あぁ……っ、やだ、ぁっ」

達したばかりで過敏になったその場所を、ヴィルトは解放してくれなかった。握ったままのユーリの手とヴィルトの性器もまとめて包み込み、ぐちゅぐちゅと強く扱かれて、ユーリは高い声をあげた。

「あ、ぅ……だ、だめっ……や、ア、ぁ……っ」

達したばかりなのに身体が跳ねてとまらない。痛いような快感が断続的に走り抜け、性器からはだらだらと淫蜜が垂れてしまう。

「はっ、ん、ぁっ、あぁっ」

また達してしまう、と怖くなって身を捩ったが、快感から逃げる術《すべ》はなかった。

ぴったり密着したヴィルトの砲身は焼けるように熱い。二人から溢《あふ》れる体液が混じりあって泡立ち、激しく擦られると細かく飛び散って、ユーリはくらくらしながら空いた手でヴィルトに縋《すが》った。

「ヴィル……や、ぅ、ら、め、出ちゃ、う、」

絶頂と同時に粗相《そそう》してしまいそうな、奇妙な感覚だった。湧き上がり渦を巻く快感が強すぎて、何度も身体が大きく跳ねる。

びくつく性器をヴィルトはなおも擦りたてて、ユーリは爪先まで強張《こわば》らせた。

「あぁアッ……――!」

透明な体液が、ユーリの性器から噴《ふ》き出した。ほとんど同時にヴィルトが白濁《はくだく》したものをほとばしらせて、ユーリの腹を濡らす。

「ユーリ様……私の、愛しい人」

高い場所から落下するような激しい快感に囚われて悶《もだ》えたユーリの耳に、ヴィルトの色めいた声だけが聞こえる。

抱きしめられ、荒い呼吸さえも奪おうとするように口づけられて、ユーリはくたりと重たい身体をヴィルトに預けた。

きっちりと衣服を整えてから、ヴィルトは後ろからユーリを抱きしめて座った。ユーリは未《いま》だ余韻《よいん》が抜けきらず、半分ふわふわとしたままヴィルトに全身を委《ゆだ》ねて、美しく晴れた空を見上げた。

蝶たちは相変わらずひらひらと、楽しげに舞っている。黒い影絵のようなその姿が青空を背景に複雑な模様を描き、それが一瞬たりとも同じかたちにはならない。万華鏡《まんげきょう》みたいで、いつまでも見ていられそうだとユーリは思う。

いつまでも、こうやって抱きしめられていたい。

そう思うと、悲しいときと同じように、胸が痛くなる。でも、その痛みは確かに喜びだった。

「母、が」

蝶を見つめたまま、ユーリは呟いた。

「どうして、風当たりが強いってわかってるのにわざわざ父と結婚して僕を産んだのか、僕にはずっとよくわかりませんでした」

ヴィルトは黙っていたが、静かに肩を撫《な》でてくれる仕草は案じているかのようだった。温もりを全身に感じて、ユーリは微笑む。

「クルメキシアは、イギリスに比べたら、電気もとまりやすいし、女性が自立できる環境でもなくて、寒暖差が激しくて、水も少なくて、暮らすのに向いてない国なのに、そこで、大勢に反対されてまで結婚して、子供を産むなんて――断っても、きっと父も仕方ないって諦《あきら》めたんじゃないかなって、思ってました。でも、今はちょっとだけ――」

少しだけ、わかる気がした。

愛する人のできるだけそばにいたい気持ちも、その人と自分を繋ぐなにかがほしい気持ちも、相手さえいれば、他のどんなことも気にならない強さも。

「……ちょっとだけ、わかる気が、するんです」

「ユーリ様にわかっていただけて、ユリア様もお喜びだと思います。クシュール様も」

ヴィルトがユーリの髪に口づけた。優しいあたたかさに、ユーリはほっとため息をつく。

「この国に生まれてよかったです」

「――そう言っていただけるなら、私は」

言いかけて、ヴィルトは声を震わせて黙り込んだ。じわりとヴィルトの体温が上がるのがわかって、ユーリは振り返った。

ほんのり目を赤くしたヴィルトはぐっと唇を引き結んでから、言い直した。

「私も本望です。ユーリ様に、そう思っていただきたかったので」

「じゃあ、もう償《つぐな》いは終わりですね」

身体を捻って向きあい、ユーリはヴィルトの首筋に腕を回した。

今でも、自然にこんなふうに触れる自分が、どこか夢のようだと思う。でも、それは現実味のない夢でなく、夢のように幸福だ、という感覚だった。

ヴィルトが叱られた犬みたいに悲しげな顔になる。

「……それはもう、私がお仕えするのは嫌だということでしょうか」

「そうじゃなくて」

ヴィルトってちょっと面白いなあ、と思いながらユーリは笑った。

「ずっと、ほしいなあ、と思っていたものがあったんです」

「なんでもすぐご用意いたします」

「恋人がね。ほしかったんですよ。普通の人みたいに、この人のことを好きだって言えて、キスしたいって思えるような、特別な人が」

言うと、ヴィルトが目をみはった。

「だから、償いとかじゃなくて——普通の、恋人がいいです」

つたなくて回りくどいユーリの言葉にヴィルトの驚きの表情がみるみるほどけた。

青い瞳が揺らぐようにあまい色を帯び、つややかな光を浮かべるのは、ひどく美しい眺めだった。

「帰ったら、あなたをすぐに組みしいて、朝まで可愛い声を聞いていたいです」

早口に、誰かに聞かれるのをはばかるように低い声が鼓膜《こまく》を優しく撫でる。

「十五年も待ったのです。――一秒だって、離したくない」

きつく抱きすくめられ、うん、と応《こた》えながらユーリは目を細めた。

ぴったりと噛みあうように、ヴィルトの腕の中に収まる自分が心地よい。

心までが、綺麗に重なっているようだった。

特別な人。愛する人。

結ばれるべき人。

(僕の――ユーイ)

蝶が相変わらず舞っている。

銀色の蝶は今ここにいなくても、とユーリは思う。自分の――自分たちの幸福は、きっと約束されているだろう。

あとがき

こんにちは、または初めまして。葵居《あおい》ゆゆです。

リンクスロマンスからは四冊目の本になりました。今回はがらっと変えて……と思ってはじめたのですが、終わってみれば、ヴィルトもユーリも好きなタイプのキャラクターになりました。世話焼きな攻と健気な受、というのはツンデレ受わんこ攻とあわせて私にとって二大好物です。「せっかくだから濃厚にいきましょう！」と言っていただけたエッチも、最近マイブームの剃毛を入れられたのでよかったです。

そして、お仕事では初めての架空の国設定も、これまた初めての王子様設定（王子らしさは欠片もありませんが）もとても楽しく書けたので、同じくらい読者の皆様にも楽しんでいただければ幸いです。

もともと、小説を書きはじめた頃はファンタジーばかり書いていて、今思うと放浪する話が多く、今回このお話をやるにあたって、その嗜好はどこから……としばらく考えたのですが、たぶん、「旅」というものに異様な憧れがあるんですね。実際旅行もわりと好きで、知らない土地で知らない人しかいないところでぼーっと「混じれない」感覚を味わうのは至福のひとときだと思っていますが、それが幸せだと思えるのは、ちゃんと帰れる場所があるからかもなあ、とも思います。

ずっと寂しかったユーリが、その「ホーム」を得られるお話――になっているといいのですが。できればアゼール兄さんも幸せにしてあげたかったです(笑)。

私にしては華やかな設定ですが、それでもなおキラキラ度の低い話をこれ以上ないほど華やかにしてくださったのは、イラストのCiel《シエル》先生です。きっと先生の絵に惹かれて手に取ってくださった方も多いのではないでしょうか。Ciel《シエル》先生、本当にありがとうございました。

相変わらずふらふらしがちな私を的確に導いてくださる担当様、細かく調べてくださる校正の方、この本に関わってくださった皆様にもお礼申し上げます。

そしてなにより、読んでくださったあなたに、心よりお礼申し上げます。どこか一カ所でも楽しんでいただけて、少しでもハッピーな気持ちになっていただけたら嬉しいです。

よろしければまた別の本でも、お目にかかれれば幸いです。

二〇十四年春　葵居ゆゆ

LYNX ROMANCE

はちみつハニー

葵居ゆゆ　illust. 香咲

本体価格
855円＋税

冷血漢と言われる橘は、ある日部下の三谷の妻が亡くなったことを知る。挨拶に訪れた橘を迎えたのは三谷の五歳になる息子・一実だった。そこで橘は三谷から妻の夢を叶えるためパンケーキ屋をやりたいと打ち明けられる。自分にはない誰かを想う気持ちを眩しく思い、三谷に協力することにした橘。柄でもないと思いながらも三谷親子と過ごす時間は心地よく、橘の胸には次第に温かい気持ちが湧きはじめてきて…。

LYNX ROMANCE

夏《なつ》の雪《ゆき》

葵居ゆゆ　illust. 雨澄ノカ

本体価格
855円＋税

事故で弟が亡くなって以来、壊れていく家族のなかで居場所をなくした冬は、ある日衝動的に家を飛び出してしまう。行くあてのない冬を拾ったのは、偶然出会った喜雨という男だった。優しさに慣れていない冬は、喜雨の行動に戸惑うが、次第にありのままを受け入れてくれる喜雨に少しずつ心を開いていく。やがて、喜雨に何気なく触れられるたびに、嬉しさと切なさを感じはじめた冬は、生まれて初めて人を好きになる感情を知り…。

LYNX ROMANCE

狼《おおかみ》だけどいいですか？

葵居ゆゆ　illust. 青井秋

本体価格
855円＋税

人間嫌いの人狼・アルフレッドは、とある町で七匹の犬と一緒に暮らす奈々斗と出会う。親を亡くした奈々斗は、貧しい暮らしにも関わらず捨て犬を見ると放っておけないお人好しだった。行くあてがなかったアルフレッドは、奈々斗に誘われしばらくの間一緒に住むことになるが、次第に元気に振る舞う彼が抱える寂しさに気づきはじめる。人間とはいつか別れが来ることを知りながら奈々斗を放っておけないアルフレッドは…。

LYNX ROMANCE

お金《かね》はあげないっ

篠崎一夜　illust. 香坂透

本体価格
870円＋税

金融業を営む狩納に多額の借金で拘束される日々を送る綾瀬雪弥は、ある事情から二週間、狩納の親代わりである染矢の弁護士事務所で住み込みで働くことになる。厳しい染矢に認めてもらえるよう慣れない仕事にも頑張る綾瀬。一方、限られた期間とはいえ、綾瀬と離れて暮らすことに我慢できない狩納は、染矢の事務所や大学でまでセクハラを働き…!?

大人気シリーズ第8弾！

LYNX ROMANCE

オオカミの言い《い》分《ぶん》

かわい有美子

illust. 高峰顕

本体価格
870円＋税

弁護士事務所で居候弁護士をしている、単純で明るい性格の高岸。隣の事務所のイケメン弁護士・末國からなにかと構われ、ちょっかいをかけられていたが、ニブちんの高岸は末國から送られる秋波に全く気づかずにいた。そんなある日、同期から末國がゲイだという噂を聞かされた高岸は、ニブいながらも末國のことを意識するようになる。しかし、警戒しているにもかかわらず、酔った勢いでお持ち帰りされてしまい…。

LYNX ROMANCE

無垢《むく》で傲慢《ごうまん》な愛《あい》し方《かた》

名倉和希

illust. 壱也

本体価格
870円＋税

天使のような美貌を持つ元華族の御曹司・今泉清彦は、四年前、兄の友人であり大企業の副社長・長谷川克則に熱烈な告白をされた。出会いから六年もの間、十七も年下の自分にひたむきな愛情を捧げ続けてくれていたと知った清彦はその想いを受け入れ、晴れて相思相愛に。以来「大人になるまで手を出さない」という克則の誓約のもと、二人は清い関係を続けてきたが、本当にまったく手を出してくれない恋人に清彦は…。

LYNX ROMANCE

執愛《しゅうあい》の楔《くさび》

宮本れん

illust. 小山田あみ

本体価格
870円＋税

老舗楽器メーカーの御曹司で、若くして社長に就任した和宮玲は、父の第一秘書を務める氷堂瑛士を教育係として紹介される。怜悧な雰囲気で自分を値踏みしてくる氷堂に反発を覚えながらも、彼をそばに置くことにした玲。だがある日、取引先とのトラブル解決のために氷堂に頼らざるをえない状況に追い込まれてしまう。そんな玲に対し、氷堂は「あなたが私のものになるのなら」という交換条件を持ちかけてきて…。

LYNX ROMANCE

危険《きけん》な遊戯《ゆうぎ》

いとう由貴

illust. 五城タイガ

本体価格
855円＋税

裕福な家柄に生まれ、華やかな美貌の持ち主である高瀬川家の三男・和久は、誰とでも遊びで寝る奔放な生活を送っていた。そんなある日、和久はパーティの席で兄の友人・下條義行に出会う。初対面にもかかわらず、不躾な言葉で自分を馬鹿にしてきた義行に腹を立て、仕返しのため彼を誘惑して手酷く捨ててやろうと企てた和久。だがその計画は義行に見抜かれ、逆に淫らな仕置きをされることになってしまい…。

この本を読んでのご意見・ご感想をお寄せ下さい。
〒151-0051
東京都渋谷区千駄ヶ谷4-9-7
(株)幻冬舎コミックス　リンクス編集部
「葵居《あおい》ゆゆ先生」係／「Ciel《シエル》先生」係

リンクス ロマンス

囚われ王子は蜜夜に濡れる

2014年4月30日　第1刷発行

著者…………葵居《あおい》ゆゆ
発行人…………伊藤嘉彦
発行元…………株式会社　幻冬舎コミックス
〒151-0051　東京都渋谷区千駄ヶ谷4-9-7
TEL 03-5411-6431（編集）
発売元…………株式会社　幻冬舎
〒151-0051　東京都渋谷区千駄ヶ谷4-9-7
TEL 03-5411-6222（営業）
振替00120-8-767643
印刷・製本所…株式会社　光邦
検印廃止

ISBN978-4-344-83121-6 C0293
Printed in Japan

幻冬舎コミックスホームページ　http://www.gentosha-comics.net